Mona Rausch

Mein *verficktes* Jahr

Mona Rausch

Mein *verficktes* Jahr

Wie ich mit 40 den Sex noch mal neu entdeckte

mvgverlag

Bibliografische Information der Deutschen Nationalbibliothek:
Die Deutsche Nationalbibliothek verzeichnet diese Publikation in der Deutschen Nationalbibliografie; detaillierte bibliografische Daten sind im Internet über http://d-nb.de abrufbar.

Für Fragen und Anregungen:
monarausch@mvg-verlag.de

Originalausgabe
1. Auflage 2014

Nymphenburger Straße 86
D-80636 München
Tel.: 089 651285-0
Fax: 089 652096

Redaktion: Caroline Kazianka
Umschlaggestaltung: Marco Slowik
Umschlagabbildung: Shutterstock
Satz: Grafikstudio Foerster, Belgern
Druck: CPI – Ebner & Spiegel, Ulm
Printed in Germany

ISBN Print 978-3-86882-505-3
ISBN E-Book (PDF) 978-3-86415-654-0
ISBN E-Book (EPUB, Mobi) 978-3-86415-655-7

Inhalt

Vorspiel ... 7

Ausziehn! ... 9

Erste Gehversuche als Triebtätige ... 13

Cybersex. Spritzt, macht aber nicht nass ... 22

Artenbestimmung im Vögelschutzgebiet ... 26

Sexplattformen: tagesfrisches Angebot von Brust, Hüfte und Bauch ... 32

Männer: die Herren der fantasielosen Schöpfung ... 39

Zu ihm oder zu mir – wohin mit dem Fremdkörper? ... 42

Verkehrsbehinderung durch erheblichen Triebwerkschaden ... 51

Pornokino. Hier kommst du zum Film ... 56

Doppelt gemoppelt hält besser ... 60

Zieh!mich!aus! Satin, Spitze und andere Reizstoffe ... 70

Swingerclub. Wo gevögelt wird, da lass dich nieder ... 76

Viagra, Potenzförderung mit Risiken und Nebenwirkungen ... 84

Outdoor- und Parkplatzsex: Lustkurort mit offenem Vollzug ... 90

Sex am See: Kondome schützen nicht vor Sonnenbrand ... 96

Doppel-Whopper, die Zweite 99

Sex aus dem Spielzeugkoffer. Wenn der Unterleib
zur Playstation wird 109

Dirty Talk. Bitte nur Hochdeutsch 115

Deep Throat. Da schluckst du 122

Rollenspiele. Oscar für die beste männliche Nebenrolle 128

Männer. Machen das Beste aus ihrem Typ 133

Poppen light 135

Schwestern im Geiste ... und auf der Matratze 142

Sex vor Publikum: der Vorführeffekt 149

Sadomaso. Die Kunst der gezielten Reizüberflutung 154

Sex gegen Geld. Weil ich es mir wert bin 172

High Sexiety. Gebumst wird in den besten Kreisen 179

Gangbang: die etwas andere Männerselbsthilfegruppe 187

Freiwillige Selbstkontrolle 197

Vorspiel

Für Frauen kommt Sex aus dem Internet so einfach wie Strom aus der Steckdose. Ein deutliches Profil, ein paar Klicks, und schon hatte ich massenhaft Anwärter auf dem virtuellen Schoß, die nichts anderes wollten, als dass ich es mir ganz real auf ihrem Schoß bequem machte. Triebtätige Frauen ohne finanzielles Interesse sind in der erotischen Datingszene nämlich permanente Mangelware. So begehrt wie Bananen in der ehemaligen DDR. Die Nachfrage ist derart groß, dass ich mir meine Tätigkeit im Lustschutzraum der Sexdatingszene auch gut als freiwilliges soziales Jahr anrechnen lassen könnte. Hey, schließlich habe ich Dinge umsonst getan, für die Männer normalerweise bereit sind, viel Geld zu zahlen. Zugegeben, ein einziges Mal habe ich mich auch bezahlen lassen. Aber nur, um in Erfahrung zu bringen, wie sich das anfühlt, Hobbynutte zu sein.

Bevor ich allerdings zur Sexpertin wurde, die sich artgerecht im Vögelschutzgebiet bewegt, musste ich einige Hindernisse überwinden. Hindernisse wie hässlich gemusterte Polstermöbel, trostlose Hotelzimmer, klebrige Sessel in Pornokinos und so manchen männlichen Triebwerkschaden. Denn als ich in das mir bis dahin unbekannte Terrain des Sexdatings vordrang, war ich total aus der Übung und fühlte mich als erotisches Auslaufmodell. Ein One-Night-Stand schien mir so unerreichbar wie die Goldmedaille im Stabhochsprung. Ich hatte ja keine Ahnung, dass da draußen ein Krieg der Hormone tobt, in dem keinerlei biologische Zeituhr tickt.

Mit der Zeit lernte ich, mich irgendwo im Bermudadreieck zwischen naturgeil, MILF und nymphoman zu bewegen wie ein Fisch im Wasser. Ich lernte, Reizstoffe wie Satin und Seide genauso gezielt einzusetzen wie Viagra und Dildos in Pfeffermühlengröße. In die Rolle der Hobbynutte schlüpfte ich ebenso mühelos wie in halterlose Stützstrümpfe. Und wenn ich mich wie ein Promi fühlen wollte, ging ich einfach im Sexshop einkaufen.

Aber das Wichtigste, das ich lernte: wie man unter Bergen von Schmutzwäsche den geeigneten Rohdiamanten herausfischt, das männliche Prachtexemplar, das uns Frauen in Mikrowellengeschwindigkeit erhitzt und mit der Kraft einer Cruise Missile ins All schießen kann. Für ein paar Sekunden.

Wenn Sie jetzt noch Lust haben, mich auf meinem Weg zu begleiten, dann kommen Sie mit mir zurück zu den Anfängen.

Ausziehn!

Ich möchte keine Trennung.« Das war die gute Nachricht, die mein Mann Paul für mich bereithielt, nachdem er mir seine Affären gebeichtet hatte. Die schlechte Nachricht folgte allerdings gleich darauf. Er wünsche sich eine offene Beziehung. Mit reichlich Beinfreiheit für jeden von uns.

»Ich möchte mich in dieser Hinsicht mehr ausleben«, erklärte er mir wenig sensibel. »Und du kannst das natürlich auch.«

Auf den ersten Blick klang das nach einem fairen Deal. Gleiches Recht für alle. Und begründet war sein Anliegen sowieso. Unser Sexleben war schon lange klinisch tot und dies vielleicht die letzte Chance, es künstlich wiederzubeleben. Wir waren seit fast 20 Jahren zusammen, die erotische Anziehungskraft, die laut Studien vier bis fünf Jahre anhält, hatte sich inzwischen also sogar gleich viermal verbraucht. Und obwohl ich Paul noch liebte, rangierte der Sex auf einer Skala irgendwo zwischen Migräne und Menstruation.

Doch ich hatte mich damit abgefunden. In meinem Alter glaubt man schließlich genauso wenig an guten Sex bis ins hohe Alter wie an den Weihnachtsmann. Paul dagegen wollte sich offenbar damit nicht abfinden, und diese Erkenntnis war für mich, wie in einem Stück Obstkuchen plötzlich auf einen Kirschkern zu beißen. Es traf mich unerwartet hart und tat weh.

Nachdem ich eine Weile darauf herumgekaut hatte, wurde mir klar, dass Pauls Plan lachhaft unfair war. Er war mit Ende 40 und als Hochschulangestellter im besten »Hilfe, ich liebe meinen Prof«-Alter. Das Frischfleisch kam von ganz allein vorbeigeflattert, er musste bei passender Gelegenheit nur den Hosenstall öffnen.

Ich dagegen fühlte mich mit 40 eher als erotisches Auslaufmodell. Die männliche Aufmerksamkeitskurve verzeichnete bereits einen deutlichen Abwärtstrend, ein One-Night-Stand war für mich so etwas wie eine aussterbende Art, die unter Naturschutz gehörte. Wenn ich verreiste, war die Wahrscheinlichkeit höher, an einer Thrombose zu erkranken als an einer Geschlechtskrankheit. Überhaupt war ich inzwischen hoffnungsvolle Anwärterin auf allerlei Leiden mit Endung auf »ose«: Thrombose, Osteoporose, Reiterhose ... Sex war nichts als eine weitere Problemzone. Mein Körper war zwar noch keine Kraterlandschaft, und Haut, Haare und Kurven befanden sich noch an dem von der Natur vorgesehenen Platz und in der gewünschten Festigkeit. Aber nur wenn das Licht gnädig gedimmt war. Ich sah mich allerdings schon völlig auf dem Trockenen sitzen, nur gepolstert von einem bequemen Sofa und etlichen Frustkilos, Kosename: Wüstenmaus.

Warum hatte sich Paul nicht schon vor zehn oder 15 Jahren auf die Vorteile einer offenen Beziehung besonnen? In meinen Dreißigern standen bei mir Attraktivität, Selbstwertgefühl und erotische Strahlkraft auf dem Höhepunkt der Sinuskurve und vereinten sich zu einem brodelnden Cocktail. Mein Körper war gespannt wie ein Weidenbogen, der jederzeit erotische Blitze aussendete. Ich verschoss meine gesamte Munition jedoch auf Paul. Damals dachte ich, dies sei eine sinnvolle Investition. Falsch gedacht. Und das nahm ich ihm übel. Wochenlang betrauerte ich mich nun selbst. Pumpte den Körper, den so lange keiner mehr berührt hatte und vielleicht nie mehr jemand berühren würde, voll mit Nikotin und spülte Alkohol hinterher. Begleitend studierte ich das Muster unserer Gästecouch, auf der ich fortan nächtigte. Bis mir eines

Tages der Spiegel klarmachte, dass ich so nicht weitermachen konnte. Nur, was sollte ich ändern? Nach Wochen, in denen ich nichts anderes getan hatte, als mich aufzugeben, fehlte mir die Inspiration.

»Was soll ich tun?«, fragte ich ratlos den Spiegel, der mir schonungslos mein Bild vorhielt.

»Das, was du am besten kannst«, gab er mir zurück.

Ich überlegte kurz. Dann handelte ich. Ich kontaktierte meine Headhunterin, die daraufhin für mich aktiv wurde. Schon nach kurzer Zeit stellte ich fest, dass es in meinem Alter leichter war, einen neuen Job zu bekommen als einen neuen Liebhaber. Vier Wochen später hatte ich eine neue Stelle in einer anderen Stadt und beauftragte einen Makler mit der Wohnungssuche.

»Verlässt du mich?«, war Pauls überraschte Frage, als ich meine Pläne in die Tat umsetzte.

»Ich verlasse die Stadt und diese Wohnung«, antwortete ich. »Und lasse dir die Freiheit, die du brauchst.«

Wenig später saß ich in einer fremden Stadt in einer fremd möblierten Wohnung und hatte die Freiheit, die ich nie gewollt hatte. Ablenkung und Beschäftigung verschaffte mir meine neue Position in einem großen Konsumartikelunternehmen. Allerdings nur im Zeitraum von 9 bis 18 Uhr. Die Kollegen und mein Team waren fit und fleißig, doch der Abend gehörte der Familie und dem Privatleben, von dem jeder in dieser Firma eines zu haben schien. Außer mir. Und nachdem mich das Reinigungspersonal wiederholt fast gewaltsam aus dem Büro hatte entfernen müssen, verbrachte ich die Abende fortan allein in meiner luxuriösen Bleibe. Für eine Weile setzte ich wieder auf die bewährte Nummer mit Nikotin und Alkohol und telefonierte dazu mit Paul, bis ich Blasen an den Ohren hatte, nur um zu verhindern, dass er in aller Ruhe seinem Triebleben nachgehen konnte.

Bis ich völlig überraschend von meinem eigenen Trieb heimgesucht wurde. An der Seite von Paul hatte sich mit den Jahren mein sexuelles Verlangen auf Niedriglohnniveau eingependelt. Es schien mir, als hätte mein Unterleib ein Ausstiegsprogramm unterschrieben und sei stillgelegt wie ein überaltertes Kraftwerk. Hier und jetzt, allein in der fremden Wohnung, nahm er allmählich ganz von selbst wieder den Betrieb auf. Ich wurde von erotischen Träumen und Fantasien heimgesucht, die mit der Kraft eines 7-Tonners über mich hinwegdonnerten. Bauarbeiter, DHL-Boten, Zugschaffner, Piloten, Taxifahrer (schlimm, ich weiß) waren die Hauptdarsteller in meinem Kopfkino und führten obszöne Regie. Auch die gesamte Belegschaft meines Konzerns hatte ich schon durchgevögelt, inklusive Pförtner und Reinigungspersonal. Oft stand ich nach Sitzungen auf und wünschte mir nichts sehnlicher als einen Föhn, um mein Höschen zu trocknen. Aus der nüchternen Vertriebsleiterin war eine Triebtäterin geworden.

Mir war klar, dass ich aktiv werden musste, denn von allein würde mir kein Kerl vors Visier laufen. Aber an irgendeiner Bar warten, bis sich ein Irrläufer in den Maschen meiner Netzstrumpfhose verfing? Die Alterspräsidentin des Casual Datings? Nein. Es musste diskretere Wege zum Lustabbau geben. Und direktere. Ich bin die Art Frau, die Männer zunächst zum Essen ausführen, ins Konzert oder Theater, bevor sie nur daran denken, ins Zonenrandgebiet ihrer Geschlechtsteile vorzudringen. Männer sehen mich unter jedem Blickwinkel, nur nicht aus der Vögelperspektive. Und genau das wollte ich jetzt ändern.

Erste Gehversuche als Triebtätige

Wie ich auf der Homepage eines Pornokinos landete, kann ich im Nachhinein nicht mehr genau sagen. Pornokinos, wie man sie so kennt, sind eine Art Tagesstätte für Männer, die sich im Rhythmus der oral, vaginal und anal trainierten Darsteller auf der Leinwand einsam einen abschütteln. Den spermatriefenden Sesseln nähert man sich allenfalls mit Plastikunterlage, und in allen Räumlichkeiten gilt die unausgesprochene Regel »Don't touch anything but yourself«.

Als Studentin hatte ich mich einmal in ein sogenanntes Blue Movie gewagt, ein Kino, in dem die eindeutigen Szenen als Endlosschleife vorgeführt wurden. In gepflegter Runde – mit meiner besten Freundin, ihrem und meinem Freund – saßen wir auf den durchgewichsten Sesseln und vermiesten dem Restpublikum den voyeuristischen Genuss mit lautem Gekicher, Kommentaren und vielen Bähs und Ähs, bevor wir wieder Zuflucht in unseren Kuschelbeziehungen suchten. Damals war Pornografie noch etwas Ekliges, das die Lust eher schmälerte als den Appetit weckte. Und Internet war zu der Zeit noch gar nicht erfunden. Erst in den letzten Jahren sind ja Kanäle entstanden, die uns die Welt der Pornografie näherbringen und auf diese Weise jedem, der es wissen will, vor Augen führen, was der Mensch im Bett (und an so ziemlich jedem anderen denkbaren Ort) sexuell zu leisten vermag. Theoretisch zumindest.

Das gepflegte Pornokino von heute hatte, damit einhergehend, einen elementaren Evolutionsschub durchlaufen. Es war offenkundig eine Stätte der Toleranz und Freizügigkeit, vergleichbar mit einem Swingerclub. So positionierte sich zumindest die »Lustoase«, das Etablissement, auf dessen Homepage ich gelandet war. Die »Lustoase« war allem Anschein nach ein Ort der Begegnung von Wichsern und Spannern, von Pärchen und allein cruisenden Herren. Frauen konnten sich hier in aller Öffentlichkeit präsentieren und beim Sex eine gewisse Bühnenerfahrung sammeln. Es gab zudem einen Shop, in dem man alles Mögliche erstehen konnte, was zum klassischen Lustgewinn benötigt wurde. In den angrenzenden Kinos konnte man Filme ansehen und anschließend in abgeschlossenen Räumen in aller Öffentlichkeit angestaute Lust sofort abbauen. Hierfür gab es einen eigens geschaffenen, vom üblichen Kinogeschehen abgeschiedenen Bereich.

Einen Pornofilm anschauen, Sex haben und sich dabei noch beobachten lassen – das waren ja gleich drei aufregende Dinge auf einmal. Ein erotisches Überraschungsei quasi, mit Spiel, Spannung und (weißer!) Schokolade. Diese Möglichkeit der lustvollen, frivolen Unterhaltung entfachte meine schmutzige Fantasie enorm. Gierig klickte ich weiter durch die Seiten und fand eine Art Gästebuch, in dem Gäste und solche, die es werden wollten, Nachrichten hinterlassen konnten.

»Bin heute Abend im Kino. Welche geile Sie oder geiles Paar hat Lust?«, lautete der hoffnungsvolle Appell von Stefan_geil.

Dieter48 war da weniger wählerisch, er bot seine Dienste wie folgt an: »Habe am Donnerstag vor, ins Kino zu gehen, hat jemand Lust, mich da zu treffen?

Bin so gegen 17 Uhr da, lecke gerne oder blase auch Schw... oder kommt vielleicht mal eine Frau dahin, die Lust hat, mal geleckt zu werden.«

Anscheinend ist im Pornokino von heute nicht nur Zuschauen, sondern auch Anfassen stärkstens erwünscht. Der Kinobesucher ist also dankbares Publikum und Mitspieler gleichzeitig. Auch homosexuelle Orientierung wird hier toleriert, so entnahm ich zumindest weiteren Beiträgen.

»Möchte meinen Schwanz ins Glory Hole stecken. Wer bläst? Adonis.«

»Komme morgen zum Wichsen ins Kino, wer mag zuschauen?«

Einmal pro Woche fand im Kino ein Pärchenabend statt, und das Gästebuch diente hierzu als Tauschbörse: »Molliges Paar sucht Gleichgesinnte für wildes Durcheinander«, hieß es da oder: »Welche Sie begleitet mich am Freitag zum Pärchenabend?«

Dann gab es noch die Fortgeschrittenen in Sachen Abenteuerlust, die alles andere als zimperlich waren. »Werde am Sonntagmittag im Kino mal wieder meine Ehestute vorführen. Die Stute wird anschließend zum Abficken freigegeben. Hoffentlich sind viele geile Jungs da.«

Das Ganze war eine regelrechte Vorher-nachher-Show, denn das Gästebuch wurde auch genutzt, um erbrachte Leistungen anzuerkennen und sich dafür zu bedanken.

»Ich wollte nur sagen, dass die GB-Party heute echt geil war. Ich konnte schön meinen Saft auf Dany verteilen. Ich komme auf jeden Fall wieder ... *geilegrüße*«

»Danke an das nette Paar, das am Mittwochnachmittag den Gang-Bang veranstaltet hat. Die süße Kleine ist wirklich hübsch und hat gut durchgehalten! Gratuliere zu dieser schwanzgeilen Frau. Während ich da war, hat sie mit ihrer süßen, rasierten Fotze mindestens 20 Männer aller Altersklassen befriedigt. Komme gerne wieder!«

Es gibt Menschen, die verlassen sich bei Entscheidungen auf ihr Bauchgefühl. Bei mir fiel die Entscheidung in diesem Fall ein Stockwerk tiefer: Das will ich auch, diktierte mir mein

Unterleib. Plötzlich war ich voller Tatendrang und hatte den Eindruck, alle Menschen glitten auf einer erotischen Rutschbahn durchs Leben, während ich auf dem Trockenen saß.

Immer noch konnte ich nicht sagen, woher die Wucht meines Verlangens kam. Noch nie im Leben hatte ich ein derartig starkes Bedürfnis verspürt. Ich stamme eigentlich aus einer prüden Familie, in der Nacktsein an sich schon ein Delikt darstellte und die Existenz einer Welt jenseits des Gürtelliniенäquators schlicht geleugnet wurde. Wenn wir in den Ferien Stadt, Land, Fluss spielten, das klassischerweise dann noch um andere Kategorien wie etwa Tiere, Baudenkmale oder Körperteile erweitert wurde, und es zum unheilvollen Buchstaben P kam, verzichtete man in der Kategorie Körperteile lieber auf die begehrten Punkte, als so etwas Unheilvolles wie Po oder Penis zu Papier zu bringen. Lieber schrieb jeder brav Pupille auf und kassierte dafür nur die halbe Punktzahl.

Später kamen erste Softpornokontakte in Form von heimlich unter der Schulbank herumgereichten Schmuddelheftchen hinzu, während wir oberhalb der Schulbank im Sexualkundeunterricht gähnten. Die 1983 im deutschen TV ausgestrahlte Zieh-dich-aus-Produktion *Tutti Frutti*, sozusagen die Ursuppe öffentlich-erotischer Fernsehunterhaltung, machte auch nicht gerade neugierig auf mehr.

Auf die typischen ersten Schwitz- und Tatschannäherungen ans andere Geschlecht, bei denen man auf Klassenpartys in erster Linie ausprobierte, wie tief die Zunge in die gegnerische Kehle passte, folgten dann einige ernsthafte Beziehungsversuche. Die Stadien von großer Liebe bis kleinlauter Trennung absolvierte ich mehrmals im Schnelldurchlauf, bis ich schließlich Paul traf. Paul entschleunigte mein Gefühlsleben. Wir lernten uns im Studium kennen und waren fortan zusammen. Die große Liebe hielt sehr lange.

Das große Begehren hingegen besaß eine niedrigere Halbwertszeit. Manche Paare bringen ja verbrauchte Energie zurück, indem sie sich für Gruppenerlebnisse etwa in Swingerclubs öffnen. Und auch wir hatten ab und zu schon eine Fernsehreportage bekichert, die über diese irgendwo in deutschen Wäldern und Wohnsiedlungen angesiedelten Do-it-yourself-Oasen zum Anfassen und Mitmachen berichteten. Doch niemals hätten Paul und ich es in Erwägung gezogen, unser Liebesleben auf einer öffentlich begehbaren Matratzenspielwiese wiederzubeleben. Nun, er zumindest hatte ja einen Weg zum Ausgleich seines Hormonhaushaltes gefunden. Ich musste noch suchen. Und als ich auf die bunt bebilderte Homepage der »Lustoase« starrte, sagte mir mein Gefühl, dass ich der Sache schon ein ganzes Stück näher gekommen war.

Auch ich konnte heißen außerehelichen Verkehr haben. Spontanes Austoben war in greifbare Nähe gerückt. Der Gedanke daran war unglaublich aufregend und kribbelte. Meine Fantasie ging dermaßen mit mir durch, dass ich ihrer in reiner Heim- und Handarbeit nicht mehr Herr wurde. Es drängte mich nun hinaus in die freie Wildbahn. Ich wollte endlich nachholen, was ich jahrelang verpasst hatte. Auch wenn das unter Umständen bedeutete, einer Horde Lustmörder in der letzten Kinoreihe zum Opfer zu fallen.

Ich beschloss, zunächst einmal den sündigen Ort zu inspizieren, unauffällig und bei Tageslicht. An einem Sonntagnachmittag unternahm ich daher eine Spazierfahrt der etwas anderen Art. Das Kino befand sich zwischen türkischen Geschäften und Telefonshops. Als ich die grellbunte Neonschrift der »Lustoase« entdeckte, trat ich vor Schreck abrupt auf die Bremse. Hinter mir Reifenquietschen und empörtes Hupen. Sofort drückte ich aufs Gaspedal und machte nun selbst mit quietschenden Reifen, dass ich wegkam. Die »Lustoase« sah aus wie ein ganz normales schmuddeliges Kino und lag damit meinen Fantasievorstellungen diametral entgegengesetzt. Wirklichkeit hatte Fantasie eingeholt und mich gründlich ernüchtert. Die Idee von spontaner Befriedigung war plötzlich gestorben.

Zumindest für ein paar Tage. Dann übernahm meine Lust wieder das Kommando. Jetzt war es gerade der schäbige Bodensatz, der mich erregte. Gerade der Kontrast zu meiner sonstigen Lebenswelt, der meine Fantasie anfachte. Also setzte ich mich hin, formulierte mühevoll einen Text, holte tief Luft und jagte meinen Appell schließlich mittels Enter-Taste mitten hinein ins WorldWideWet im Allgemeinen und auf die Gästebuchseite der »Lustoase« im Besonderen. »Attraktive Lady sucht Begleitung für die Mittagspause.« So lautete mein ambitioniertes Anliegen. Absender: »Amanda«. Das klang so schön nach dreckigem 70er-Jahre-Discosound.

Grrr, im Geiste sah ich mich schon mit unbekannten Fremden unter laszivem Blickkontakt an Dildo-bestückten Regalen entlangschleichen, um dann im Dunkel hinter dem Kinovorhang zu verschwinden. Doch dann rief ich mich zur Ordnung. Woher wollte ich denn wissen, dass diese Texte überhaupt von irgendeiner Menschenseele gelesen wurden, und wer um Himmels willen würde auf solch eine Annonce schon antworten?

Wenige Stunden später wusste ich es. Glücklicherweise hatte meine Mailbox ein großzügiges Fassungsvermögen, sonst wäre sie wegen Überfüllung geschlossen worden. Mein Anliegen war absolut massentauglich, wie ich feststellte. Offenbar hatte ich mit meiner schmutzigen Fantasie einen tief liegenden männlichen Reflex im limbischen System ausgelöst. Und zwar den Reflex, sofort eine E-Mail zu schreiben. Allein beim ersten Öffnen standen da 56 steife Schwänze in Reih und Glied und boten sich großzügig als Begleiter an. Der Mann, dein Freund und Helfer. Die meisten fackelten nicht lange und schickten ihren vollen Namen mit Telefonnummer und Foto. Als Vertriebsfachfrau witterte ich hier die lukrative Möglichkeit, günstig Adressen zu generieren. Doch meine Gier in dieser Angelegenheit richtete sich ja nicht auf das Portemonnaie der Männer, sondern auf das, was sie in unmittelbarer Nähe trugen.

Es gab viele Einladungen zum Kennenlernen, vor dem Bespringen kam das gegenseitige »Beschnuppern«, wie es gerne genannt wurde. Das Werben des paarungsbereiten Städters unterschied sich hier nicht signifikant von dem in der Tierwelt verbreiteten. Es gab Einladungen zu Drinks, Kaffee oder zum Essen. Wäre ich knapp bei Kasse gewesen, ich hätte mich auf diese Weise monatelang durchfüttern lassen können. Nach wenigen E-Mails hatte ich allerdings bereits einen Favoriten ins Auge gefasst. Der Absender »ExtreamlyHot« (Ja, lachen Sie nur) faszinierte mich durch seine klaren Vorstellungen.

»Hallo Amanda. Ich bin ein Mann Anfang 40, komplett rasiert, 176 cm, sportliche 76 kg und wohne in NRW. Ich fahre auf zeige- und naturgeile Frauen total ab, die sich in entsprechender Stimmung gnadenlos gehen lassen können.«

Das war genau die Mischung aus Vernunft und verrückt, auf die ich nach jahrelanger Enthaltsamkeit ansprang. Neugierig schrieb ich zurück und alsbald hatte ich folgende Regieanweisung im virtuellen Briefkasten.

»Im Kino können wir uns erst mal umsehen, dann ein schnuckeliges Plätzchen suchen und dann ... machen wir es uns gemütlich. Du wirst dich vor meinen Augen streicheln und ich werde dich dabei beobachten und dich verbal etwas anheizen. Ich schlage vor, wir treffen uns einfach zunächst kurz an einem neutralen Ort auf einen Kaffee. Da können wir uns kurz beschnuppern. Treffpunkt vor dem Kaufhof? Nenne mir eine Uhrzeit und wie ich dich erkenne, ich werde dann da sein und dich ansprechen …

LGG und Kuss!
Tom!«

In diesen Tagen wurde in unserem Unternehmen eine neue Deodorantsorte entwickelt und dafür wurden verschiedene Düfte getestet. Auch ich beteiligte mich an den Dufttests, allerdings war ich völlig unbrauchbar für die Untersuchung. Denn für mich roch jetzt jeder Duft gleich: nach Moschus. Meine männlichen Kollegen schienen mir testosterongeschwängerte Zuchtbullen zu sein, die ich mit der Gier einer brünftigen Fährse anschmachtete. In den drei Tagen, bis ich Tom traf, verbrauchte ich die zehnfache Menge an Höschen wie sonst. Es war Rosenmontag, als ich wie verabredet vor dem Kaufhof wartete. Ich beobachtete die Menschen, die ein und aus gingen, während ich draußen stand. Prickelnde Vorfreude erfüllte mich. In wenigen Sekunden würde ich lebensverändernden Sex haben, befeuert vom erotischen Glutamat eines Sexkinos. Jede Sekunde, die ich wartete, wuchs ich innerlich an meinem Stolz, während im Nanosekundentakt immer neue Sexszenen durch meinen Kopf pulsierten. Seht her, wollte ich den Menschen zurufen, die an mir vorbei ihrem ganz normalen Alltagstrott nachgingen. Seht her, hier ist die Frau, die bereit ist, etwas wirklich Verwegenes zu tun.

Zwei Minuten später wollte ich einfach nur im Boden versinken. Ähnlich wie bei einem Unfall erinnere ich mich heute nur noch schemenhaft an die Millisekunden dieser Begegnung.

Im Nachhinein muss ich zugeben, einen eklatanten Fehler begangen zu haben. Ich hatte nämlich darauf verzichtet, mir vor der Begegnung ein Foto schicken zu lassen. Auf meine Bitte hin hatte Tom mir erklärt, dass es ihm zu heikel sei, ein Foto zu schicken, da sich »zu viele Chaoten im Netz« tummelten. Ich hatte Verständnis dafür gehabt. Außerdem war ich viel zu wild auf dieses Date, um es wegen des fehlenden Bildes platzen zu lassen. Herrje, schließlich wollte ich den Mann ja nicht heiraten. Insofern war das Aussehen ohnehin nicht so wichtig. Hatte ich gedacht. Bis er vor mir stand. Ich erinnere mich dunkel an Haare mit Schmalzfilm und Glasbausteine, durch die er mich mit Besitzerstolz musterte, als hätte ich schon die Beine breit. Alles andere hat mein Gehirn gnädig ausgeblendet.

Durch die Flut der Schockhormone drang nur ein einziges Signal: Flucht. Und die trat ich dann auch umgehend an. Ohne ein Wort zu verlieren, flüchtete ich in die Menge und stieg an einer Haltestelle in die nächstbeste Straßenbahn.

Cybersex. Spritzt, macht aber nicht nass

Wieder dauerte es nur wenige Tage, bis der Schock abgebaut war und die Lust erneut die Oberhand gewann. Inzwischen war Tom – unter Ausschluss von jedweden unangenehmen Geruchs- oder Geschmacksempfindungen – in meine Fantasien rund um die Eroberung des Pornokinos eingebaut. Durch den Hamilton-Filter meiner Vorstellungskraft war es überaus erregend, mir vorzustellen, wie es denn gewesen wäre, wenn ich mitgekommen wäre. Er hatte in dieser Hinsicht offenbar eine parallele Entwicklung durchgemacht, denn einige Tage später fand ich folgende E-Mail in meiner Box.

»Hallo A., danke, dass du zumindest da warst, wenngleich es mir lieber gewesen wäre, wenn du im Anschluss mit ›gekommen‹ wärst. ;-)
Und jetzt mal ehrlich – wie war die Zeit vor dem Treffen? Ungewissheit, was dich erwartet … verbunden mit einem Hauch Geilheit? Vorangegangene Überlegungen – was ziehe ich an? Wie wird er sein? Was ist das für ein Mann? Hand aufs Herz, hast du diese Zeit nicht etwas genossen? Also, ich schon – wenn ich ehrlich bin. Auch wenn es dir diesmal etwas schnell ging und du real noch nicht so weit warst, dich fallen zu lassen, vielleicht würdest du dies gerne virtuell tun? Schreibe mir, wie es dir ergangen ist. Ob dich das Treffen erregt hat, was du unter dem Mantel und den Jeans anhattest und was in deinen dunklen Fantasien im Kino abgegangen wäre.

Mein Interesse, angefacht von den wenigen Tagen Bedenkzeit, war wieder geweckt. Ich gestehe, trotz aller Abneigung gegen diesen Mann war ich geschmeichelt. Und fühlte mich nach langer Zeit wieder begehrenswert. Toms Vorschlag, ihm meine Fantasien zu beschreiben, weckte zudem noch ein anderes, neues Gefühl in mir: das Gefühl von Macht. So muss eine Katze sich fühlen, die mit der Maus zwischen den Pfoten Pingpong spielt.

Außerdem, was riskierte ich schon? Tom besaß nichts weiter von mir als eine anonyme E-Mail-Adresse, so konnte ich quasi von der sicheren Fahrgastzelle meines Schreibtisches aus operieren und mich im völlig geschützten Raum austoben. Schmutzige Fantasie mit Kondom. Safer Sex in Reinform sozusagen. Diese Erkenntnis ließ einen unmoralischen Plan in mir reifen und inspirierte mich zu einer Geschichte mit dem Titel »Tatort Pornokino«. Genüsslich feilte ich an den schmutzigen Details und schickte den Text dann ab. Offenbar erreichte er ihn im Büro, denn schon wenige Minuten später erhielt ich die Antwort.

»Mein liebes geiles Mädchen! Was soll ich hierzu sagen! Kannst du mir erklären, wie ich als Mann noch arbeiten soll, wenn man von einer solch hübschen Frau eine so gnadenlos geile Story geschickt bekommt? Wow! Ich muss gestehen da steigt mir doch – obwohl noch im Büro sitzend – gehörig der Saft in den Spross!

LGG
Tom!«

Ich war überrascht. Wie einfach war es doch, allein durch die Macht der Worte einen Menschen für den restlichen Tag erwerbsunfähig zu machen. Derart befriedigt, beschloss ich, das Ganze noch zu steigern. Ein Bild sagt mehr als 1000 Worte, so heißt es ja, und so fertigte ich einige Detailaufnahmen an, die ich ihm wiederum ins Büro schickte. Allerdings diesmal mit dem strengen Warnhinweis, die Bilder auf keinen Fall am Arbeitsplatz zu öffnen. Die Antwort ließ nicht lange auf sich warten.

»Also, eines muss man dir lassen, du weißt, wie man Männer in geile Erwartung versetzt! Kannst du mir mal sagen, wie ich in Anbetracht deiner Ankündigung hier weiterarbeiten soll? Werde mich wohl dazu entschließen, heute etwas früher Schluss zu machen, bevor der einen oder anderen Dame noch die Beule in der Hose auffällt …

In freudiger Erwartung
Tom!«

Hmm, da hatte ich wohl einen gewissen Nerv getroffen. Das ganze Wochenende lang hörte ich nichts und machte mir bereits Sorgen. Hielten ihn meine Bilder so auf Trab, dass er die Tastatur nicht mehr bedienen konnte? Oder hatte er mit seiner angekündigten Spritzparade womöglich sein Computerequipment ruiniert?

Aber nein. Es war viel schlimmer. Im Bemühen, sich für meine Darbietungen zu revanchieren, hatte er das gesamte Wochenende damit verbracht, nun seinerseits eine Art Präsentation zu basteln, die die Sexvideos sämtlicher Trashpromis in den Schatten stellen sollte. Für meine Begriffe besaß er jedoch nicht das erforderliche künstlerische Talent, jedenfalls

erzielte sein Erzeugnis bei mir nicht die gewünschte Wirkung. Ich spürte vielmehr, dass jetzt, nach dem ersten Erfolgserlebnis, mein Interesse langsam erlosch. Es übte keinen Reiz mehr auf mich aus, die virtuelle Saftpresse zu spielen. Immer seltener beantwortete ich daher seine E-Mails voller bettelnder Vorstöße. Und je mehr er spürte, dass ich ihm entglitt, desto entschlossener kämpfte er um meine Worte.
»Hallo, hab heute noch gar nichts von dir gehört ... Hab dir 'ne Kleinigkeit kreiert und hoffe, das trifft den Geschmack deiner wilden Fantasien.«

Das Praktische an einer virtuellen Beziehung: Man kann sie mit einem Mausklick beenden. Davon machte ich auch Gebrauch. Im Nu war der Absender blockiert und ich hatte meine Ruhe. Nicht, dass ich irgendetwas bereuen würde. Im Gegenteil. Dies war eine wertvolle Erfahrung, der Grundstein zu meiner späteren erotischen Karriere. Und was ich an Cybersex wirklich mag, ist, dass man mit safttriefender Fantasie nur so um sich sprühen kann, aber dabei immer hübsch trocken bleibt. Safer geht's beim Sex wirklich nicht. Aber ich hatte jetzt genug vom Fernverkehr, ich war nun bereit, auf den Nahverkehr umzusteigen.

Artenbestimmung im Vögelschutzgebiet

Was früher das Kontaktmagazin *Happy Weekend* war, ist heute Sexdating im Internet. Woher ich die schwedischen Heimpornos der 70er kenne? Nun, zwar waren meine Eltern in dieser Beziehung nicht besonders experimentierfreudig, umso mehr aber die meiner besten Freundin und eines Tages blätterten wir gemeinsam die *Happy-Weekend*-Ausgaben durch, die sie auf ihren Streifzügen durchs elterliche Schlafzimmer aufgestöbert hatte, während diese verreist waren. So lernte ich früh die in den 70er-Jahren populäre Mischung aus Schwedenpornos, pornografischen Comics, Storys und Sexannoncen kennen, nicht ohne mich darüber zu wundern, womit die Erwachsenen sich so ihre Zeit vertrieben.

Im Vergleich zu *Happy-Weekend*-Zeiten, in denen noch der verspielte Charme der Hippizeit mitschwang, ist modernes Internetsexdating geradezu professionell organisiert und auf die Wünsche und Bedürfnisse der jeweiligen Zielgruppe abgestimmt. Die erotische Landkarte in Deutschland ist so vielfältig wie die Parteienlandschaft zu Zeiten der Weimarer Republik. Jede noch so kleine Splittergruppierung scheint organisiert und verfügt über entsprechende Foren oder Kontaktbörsen im Internet.

Verheiratete auf der Suche nach dem verlorenen Prickeln tummeln sich auf Seitensprung.de. Für Paare, die Freude am Sammeln und Tauschen haben, gibt es Cuckold.de. Und ein reichhaltiges Angebot von Herren und Sklaven findet man auf Sklavenzentrale.de. Daneben gibt es noch Seiten, auf denen Exhibitionisten mitteilen, wann und wo es für Spanner und Voyeure etwas zu sehen gibt. Oder Seiten für passionierte Hersteller von Homevideos, die mit der selbst gemachten Ware im Netz auch noch Geld verdienen. Seiten für Frauen, die es prinzipiell nur mit Gruppen treiben, Seiten, um sich in Swingerclubs oder auf Parkplätzen zu verabreden, und Seiten für Tierliebhaber. Ich sage ja, jede Gruppe ist vertreten.

Als ich mich anfangs durch die einschlägigen Seiten wühlte, verstand ich zunächst nur Bahnhof. Die Sexdating-Szene hat ihre eigenen Gesetze, ihren eigenen Charme und ihre eigenen Grundbegriffe. Nur mit mühevoller Unterstützung von Wikipedia und Google gelang es mir herauszufinden, was sich hinter den jeweiligen Begriffen und Abkürzungen verbarg. Hier eine kleine Aufklärungsfibel, überhaupt nicht nach Sinnzusammenhang oder Alphabet geordnet.

Swinger

Gründergeneration der Amateursexszene, Erfinder des frivolen Ausgehens und Rudelbumsens. Fühlt sich am wohlsten in seiner natürlichen Umgebung, dem Swingerclub mit Lustschutzkeller und Spielwiese, einer Kulturstätte des Schlagers und der Gemütlichkeit, wo es nach Asti riecht und nach Fußnägeln, die dringend geschnitten werden müssten. Lässt sich auch von biologischen Grenzen wie Alter und Gewicht den Spaß nicht verderben. Vereinssatzung Nr. 1: Alles kann, nichts muss.

BDSM

Der Begriff steht für Bondage, Dominance, Sadism, Masochism und umfasst eine Mischung aus Karneval und Katholizismus. Man verkleidet sich, sündigt und büßt kleine Sünden sofort. Nachteil: so materialaufwendig wie etwa Tiefseetauchen. Stoffe wie Gummi, Latex oder Leder und Requisiten wie Stilettos, Schnüre, Fesseln oder Peitschen sind im permanenten Extremeinsatz. »Maskerade statt Promenade« könnte hier der Schlachtruf lauten. Vorteil: Dem fröhlichen Sadomasopaar gehen die Ideen nie aus. Zu Weihnachten gibt's das Heißwachsset für zu Hause, zum Geburtstag die Komplettgarnitur »Folterspaß zum Selbermachen«.

Cuckolds

Paare, deren Er es genießt, seine Sie an andere Männer auszuleihen. Dieser erotische Verleihservice, sozusagen der Sixt der Sexszene, hat ganz unterschiedliche Spielarten. Manche suchen nur einen gelegentlichen Mitspieler, andere bevorzugen den Gangbang, wieder andere gehen bis zum Fremdschwängern. C1, C2, C3 werden die entsprechenden Stufen genannt, nicht etwa zu verwechseln mit den Besoldungsklassen im öffentlichen Dienst. Oft wird der Ehemann keusch gehalten und hat nur noch reine Dienerfunktion. Gerüchten zufolge sind Cuckold-Beziehungen außerordentlich stabil.

Outdoor-/Parkplatzsex

Der erotische Trimm-dich-Pfad für Menschen, die Bewegung an frischer Luft lieben. Sobald Mutter Natur mit erstem Grün und lauen Sommernächten ins Freie lockt, beginnt auch die Saison der Freikörpersubkultur. Bienchen bespringt Blümchen, da, wo sich Fuchs und Hase Gute Nacht sagen. Positiv: Hier haben erotische Randgruppen wie Spanner und Exhibitionisten eine legale Möglichkeit, ihren Trieb auszuleben. Bei zeigefreudigen Paaren sind sie gerne gesehene Zuschauer und Mitspieler.

Hobbynutten

Frauen, die Spaß am Sex haben und ihr Hobby zeitweise zum Beruf machen. Diese Art der erotischen Heimarbeit ist weit verbreitet. Warum auch den Körper als totes Kapital mit sich herumschleppen, wenn man ihn gewinnbringend *unter* die Leute bringen kann? Männer schätzen diese Art Tauschgeschäft, da sie sich für ein Taschengeld von allen emotionalen Verpflichtungen freikaufen können.

AO

Kurzform für »alles ohne«. Eine Art Freikörperkultur für den Penis. Wird betrieben von Menschen mit körperlicher oder seelischer Latexintoleranz und der Überzeugung: freier Spermaflug für freie Bürger. Sie spritzen bevorzugt auf weibliche Körperteile und deren Öffnungen. Es soll auch Frauen geben, die das anmacht. Ich dagegen bin der Überzeugung, dass Sex auch mit Kondom eine ausreichende Frischzellenkur darstellt.

MILF

Schublade für Frauen ab 40 Jahren, die wir einer US-Teeniekomödie zu verdanken haben. Die Abkürzung für *Mother I'd like to fuck* bezeichnet Mütter, die vom besten Kumpel ihres Sohnes begehrt werden. Was macht diesen Typus Frau für junge Männer so begehrenswert? Gibt es einen neuen Fetisch, der da heißt »Botox und Besenreiser«? Nein. Gemeinhin nimmt man an, dass die »reiferen Damen« lockerer und damit versauter sind. Meine Meinung dazu: Wir sind einfach deshalb beliebter beim Nachwuchs, weil wir nicht so viel Ärger machen und uns gleich beim ersten Fick verlieben wie die gleichaltrigen Dinger.

Gangbang
Die Königsdisziplin der erotischen Praktiken. Garantiert den absoluten Alphastatus der Frau. Die Szene muss man sich vorstellen wie in Heinz Sielmanns *Expedition ins Tierreich*. Die Beute in der Mitte, darum verteilt die Raubtiere, die sich um jedes Stück Haut balgen.

Analverkehr
Steht nicht nur wegen des Anfangsbuchstabens bei Männern ganz oben auf der Liste. Für uns Frauen verhält sich die Sache ähnlich wie beim Rückwärtseinparken. Entweder man kann es nicht und versucht, es nach Kräften zu vermeiden, oder man nimmt sich einen Nachmittag und probiert so lange, bis man die richtige Technik draufhat. Was Ausreden anbelangt, hat die Pornoindustrie hier großen Schaden angerichtet, indem sie Männern ständig vorführt, was alles möglich ist. Oder um es mit den Worten von Joachim aus HH auszudrücken: »Was beim Analverkehr zählt, ist der gute Wille. Der Rest ist Technik und Melkfett.«

Dreilochstute
Die Fortsetzung von Golf mit anderen Mitteln. Nur werden hier keine Bälle eingelocht. Extrem hoher Verbrauch an Melkfett.

Silver Sex

Vornehme Bezeichnung für: je oller, je doller. In Anbetracht der demografischen Entwicklung in Deutschland eine stetig wachsende (Risiko)Gruppe und damit ein Zukunftsmarkt. So darf in jedem gut sortierten Sanitätshaus künftig die Erotikecke nicht fehlen, und auch ich kann auf eine große Zukunft hoffen. Schirmherrin dieses erotischen Flügels der Grauen Panther: Uschi Glas.

Dirty Talk

Erotische Verbalakrobatik, bei der man Dinge in den Mund nimmt, die man unter Umständen noch nicht mal in die Hand nehmen würde. Frei nach dem Slogan von Baden-Württemberg gilt hier: Wir können alles außer anständig. Allerdings bitte nur auf Hochdeutsch. Oder wollen Sie sich vorstellen, wie »du geile Sau« auf Schwäbisch oder Sächsisch klingt?

K9

Kleine Randgruppe, die Sex mit unseren vierbeinigen Freunden pflegt, genau genommen mit Hunden. Zumeist Frauen, die sich auf speziellen Partys von eigens hierfür dressierten Rüden besteigen lassen. Für Hunde mit Ambitionen eine sinnvolle Alternative zur Ausbildung als Minensuch-, Drogen- oder Lawinenhund. Für Frauen die sinnvolle Alternative zur Antibabypille. Problematisch sind allerdings schwer zu erklärende Kratzspuren auf dem Rücken. Außerdem wurde mir von Hundekennern glaubhaft berichtet, dass fast alle Rüden eine Art Syphilis übertragen. Also nicht zur Nachahmung empfohlen.

Sexplattformen: tagesfrisches Angebot von Brust, Hüfte und Bauch

Privatsex, so schien mir beim Durchforsten der einschlägigen Seiten, ist das neue Hobby der Nation, und ich wollte diesem Trend nur allzu gerne folgen. Mein Begehren war dabei ganz schlicht: Ich hoffte, gleichgesinnte Männer kennenzulernen. Der polierten Welt von Fetisch, Sadomaso oder anderen bizarren Sonderwünschen galt nicht mein Interesse. Kein gemeinschaftliches Auspeitschen, kein Fesselsex, keine Gangbangorgien mit Transvestiten. Einfach stinknormaler Sex.

Also registrierte ich mich auf einer Seite, die durch mehr als zwei Millionen User eine gewisse Angebotsvielfalt versprach und auf der ich mir Interesse für Frauen in der zweiten Lebenshälfte erhoffte. Wikipop ist ein virtueller Markt der lustvollen Möglichkeiten, der alles bietet, was der Unterleib begehrt. Ähnlich wie in jedem anderen sozialen Netzwerk kann man sich ein eigenes Profil mit Fotos und Vorlieben zulegen, nur dass sich hier alles um die Bedürfnisse unterhalb der Gürtellinie dreht.

Man kann Gleichgesinnte nach bestimmten Kriterien suchen, sich finden lassen, E-Mails schreiben und sich verabreden. Erotische Vegetarier, die fleischliche Genüsse ablehnen, können sich im Chatroom mit Verbalerotik verlustieren, auf Wunsch auch mit der tatkräftigen Unterstützung einer Webcam.

Ich fühlte mich durch den Austausch mit Tom genügend sicher in der Theorie, um mich nun in die Praxis vorzuwagen. Bevor ich mein Profil einrichtete, blätterte ich aber zunächst durch die Profile dieses Versandhauskataloges der Erotik, um mir zunächst einen Überblick über die allgemeinen Ästhetik- und Bedürfnisstandards zu verschaffen. Schon nach wenigen Seiten stellte ich fest: Intimrasur ist Pflicht. Die erotische Republik präsentiert ihre Genitalien blank und folgt damit gehorsam dem von der Pornoindustrie diktierten Trend. Haare sind in der Amateursexszene reine Kopfsache und werden am restlichen Körper nur von einer kleinen spezialisierten Minderheit gewünscht: etwa waghalsigen Buschpiloten, die gerne eine Blindlandung im Gestrüpp hinlegen, oder pragmatisch Veranlagten, die Oralverkehr mit einer gründlichen Reinigung der Zahnzwischenräume verbinden. Jedenfalls war mir auf einen Blick klar: Wollte ich auf dieser Seite bestehen, waren in meiner Intimzone rigorose Rodungsarbeiten notwendig.

Mit dem unbedingten Bekenntnis zur Intimrasur endete jedoch schon das gemeinsame Verständnis von Ästhetik. Ich hatte sportgestählte Körper erwartet, die seit Jahrzehnten keine Kohlehydrate mehr zu Gesicht bekommen hatten. Männer mit Bäuchen wie ein Zentralmassiv, Frauen mit Ärschen wie Tennisbälle. Stattdessen präsentierte sich mir ein erfrischend naturbelassenes Angebot von Brust, Hüfte und Bauch mit hohem Fettanteil. Ich sah Bäuche, bei denen man vor lauter Dellen den Bauchnabel nicht fand, Kraterlandschaften, wo ich Rundungen erwartet hätte, von Dehnungsstreifen gemusterte Schenkel, Ärsche wie getragener Feinripp. Allesamt kompromisslos präsentiert und grausam ausgeleuchtet von den Blitzlichtfeuern der Heimfotografie. Jede noch so skurrile Eigenart wurde unbekümmert zur Schau getragen: Wer Natur nicht ertragen kann, soll halt wegschauen.

Dieser erfrischende Gegenentwurf zu den sprühgebräunten und silikongepolsterten Darstellern kommerzieller Erotikfotografie beruhigte mich. Ich hatte ja schon geglaubt, zum physisch angekratzten Rand der Szene zu gehören. Stattdessen war ich vom körperlichen Allgemeinzustand mehr als guter Durchschnitt. Auch altersmäßig lag ich im Mittelfeld. Für sexuelles Vergnügen, so schien es, tickt keine biologische Zeituhr. Weder Verschleißerscheinungen des Gewebes noch Vitalitätsverlust hindern die User daran, ihre Bedürfnisse unverblümt auszuleben. Eine 50-Jährige bezeichnete sich als »immer feucht und unausgefüllt«, ein 70-Jähriger versprach »reife Leistung«, und wer nicht zum Zug kam, wollte wenigstens »zuschauen und mitwichsen«.

Als ich gerade damit beginnen wollte, mein Profil einzurichten, machte mein Verstand einen letzten Vorstoß und schickte mein Gewissen in den Sitzstreik, ein letzter verzweifelter Versuch, diesen Castor-Transport der Sünde aufzuhalten. Doch meine Neugier war geweckt, es gab jetzt kein Halten mehr. So verschloss ich mein Gewissen in druckdichte Fässer und verbannte diese in einen tiefen, dunklen Salzstock.

Als Erstes brauchte ich ein Foto. Also zog ich meinen schönsten BH aus der Schublade, legte ihn an und fotografierte mein Dekolleté ohne Gesicht. Das machte Appetit, verriet aber noch nicht zu viel. Als Nächstes machte ich mich an die Liste meiner Vorlieben, zur Auswahl standen: Analsex, Fisting, nymphoman, Voyeur, Exhibitionist, Parkplatzsex.

Können Sie sich vorstellen, im Internet jemanden anonym mit den Worten »Hey, ich habe gelesen, du magst Analsex. Das ist auch genau mein Ding« zu kontaktieren? Ich nicht, also so suchte ich weiter: Swinger, naturgeil, dominant, devot, Gangbang, Sadomaso. Ich grübelte. Noch nie zuvor hatte ich mir Gedanken über meine erotische Persönlichkeit gemacht. Wer bin ich im Bett, und wenn ja, wie viele?

Swinger klang mir zu sehr nach Fischnetz und Flusen im Bauchnabel. Nymphoman zu sehr nach Therapie. Mit Outdoor- und Parkplatzsex assoziierte ich Gänsehaut und Reizwäsche von Jack Wolfskin. Bei Voyeur und Exhibitionist dachte ich an die Männer, vor denen meine Mutter mich immer gewarnt hatte. Sadomaso fühlte sich zu sehr nach Heißwachs an. Naturgeil klang zwar ein bisschen sehr nach Regenwaldprojekt, aber traf es noch am ehesten. Mein Name war schnell gefunden: »Amanda« – irgendwie ein bewährtes Geschäftsmodell. Mein persönlicher Vorstellungstext war eine Herausforderung an die männliche Fantasie. Mit wenigen Handgriffen hatte ich ein Profil geschaffen, das einfach unwiderstehlich war. Nun konnte mich der Richtige finden.

Und ich wurde gefunden. Täglich von 50 Männern und mehr, die sich allesamt für den einzig Richtigen hielten. Durch meine Aktivitäten auf der »Lustoase« war ich auf eventuelle Anstürme schon vorbereitet. Meine Erwartungen wurden jedoch weit übertroffen. Die Masse der Interessenten ließ einen groben Rückschluss darauf zu, wie unbefriedigend das sexuelle Dasein von 48 Prozent der deutschen Bevölkerung sein musste. Der Bedarf, den ich zu stillen hatte, war enorm. Und jede Sekunde wurden es mehr. Wenn ich online war, erreichte mich gleich die doppelte Menge an E-Mails. Es war im Prinzip wie beim Kampf gegen den vielköpfigen Drachen. Wenn ich eine E-Mail löschte, wuchsen an derselben Stelle zehn neue nach. Wenn ich eine Absage erteilte, kamen zehn Rückfragen. Die Nachfrage nach naturgeilen Blondinen der Güteklasse 40 war riesig. Wann hatte ich je zuvor mit einer Vertriebsmaßnahme derart viele Menschen erreicht? Ein Teil meines Gehirns (der Rest meines Verstandes) überschlug sofort die Möglichkeiten, diesen Markt kommerziell auszuschöpfen. Doch bevor ich das wahre Potenzial bestimmen konnte, musste ich ihn erst analysieren.

Zunächst sprang mir das Sammelsurium an Decknamen ins Auge, mit denen Männer sich im Netz schmückten. Und nach kurzer Zeit konnte ich im Abgleich mit der darauf folgenden Kommunikation sogar schon gewisse Gesetzmäßigkeiten feststellen. Hinter Nicknamen wie »Frank«, »Tommi007« und »Ralf2000« steckte selten ein echter Frank, meistens dafür ein echter Langweiler. Als besonders langweilig entpuppten sich jene, die mit Suffixen wie ...XXL oder Steigerungen wie Super... noch ganz dezent auf gewisse Sonderausstattungen verwiesen.

Hinter besonders obszönen Bezeichnungen wie »Superlecker«, »Dauerficker« oder »Hengstschwanz« verbarg sich oft der brave Familienpapa aus dem Schwäbischen oder Hessischen, hier reichte die Fantasie eben nicht weiter als bis zum nächsten Pornofilm. Als Enttäuschung erwiesen sich auch all die Doms, Masters oder Sirs. Hier wurde oft geringe Durchsetzungskraft mit Pseudodominanz überspielt, die dann beim ersten Kontakt in sich zusammenfiel wie eine Erektion unter dem Kondom: Ein gewisser »SirMax«, der mich in seinen E-Mails vollmundig dazu aufforderte, ihm nackt zur Verfügung zu stehen, da er bei Frauen eine ausgesprochene Selbstbedienungsmentalität an den Tag lege, entpuppte sich am Telefon als Bubi mit Räusperstimme. Auch selbst ernannte Führungshäupter wie »Präsident«, »Boss« oder »Lordkanzler« erregten weniger meine Lust als mein Misstrauen, denn hier vermutete ich ebenfalls einfach nur erhöhten Kompensationsbedarf. Am sympathischsten waren mir reine Fantasienamen wie »Löwenherz«, »Octavian«, »Swiff« oder »Idefix«. Sie ließen darauf schließen, dass zumindest ein Funken Restfantasie bestand und sich die Menschen hinter den Namen gelegentlich mit etwas anderem beschäftigten als mit Wichsen.

Und dann die Texte! Männer sind sprachlich bekanntlich begrenzt und nirgendwo trat dies deutlicher zutage als in meiner Mailbox. Ich sah mich einem Riesenberg verbaler Schmutzwäsche ausgesetzt. Beliebt sind erotische Kurzgeschichten, die im Copy-Paste-Verfahren als Massenspam verteilt werden mit dem Vermerk: »extra für dich«. Männer, das verleiht euch die Glaubwürdigkeit eines italienischen Staatsoberhauptes, auch der Hinweis »selbst geschrieben« kann da nichts mehr rausreißen. Mein Tipp: im Zweifel lieber bei einem guten Autor abschreiben.

Möglicherweise bin ich zu hart. Schließlich kommt der Hirn-zu-Schwanz-Blutfluss bereits in Gang, wenn sich die Herren der Schöpfung allein ein reales Date mit einer Dame vorstellen. Aber wie soll man Texte bewerten, die so verzweifelt klingen wie ein Härtefall aus dem Tierheim:

»Hallo unbekannte Schöne!

Mein Name ist Jürgen. Ich bin 50 Jahre alt, mollig, gesund, sauber, sterilisiert, Single, spontan besuchbar, rasiert, Schnauzbartträger.
Besuchbar bin ich jeweils von Mo.–Do. rund um die Uhr, auch spontan nach vorherigem Anruf.
Ich wohne sehr diskret.
Meine Wohnung ist für ALLE Spielarten geeignet.
Mein Nick ist Programm!
Ich verwöhne gerne die Frau nach ihren Wünschen, ohne devot zu sein.
Deine Lust steht bei mir im Vordergrund.
Sag, was du möchtest, ich werde es dir erfüllen.
Lies mein Profil, schreib mir zurück, ich antworte dann mit meiner Festnetznummer.

Bis bald?
Dein Superlecker«

Dann waren mir schon jene lieber, die unverblümt sagten, was sie wollten: unkomplizierten Sex, für den sie nicht bezahlen mussten. Weder monetär noch emotional. Sex »ohne lange Anlaufzeit«, so nennt sich das. Damian, 23, obwohl oder vielleicht auch gerade weil im Deutschen nicht so ganz sattelfest, brachte es auf den Punkt:

> »Wenn interese hast jemand fur ein nach zu haben und morgen auffidersen, dann rufff an 0173 43 82 XXX nett junge kuss«

Um mehr über das zu erfahren, was mich bei einem Treffen möglicherweise erwartete, forderte ich die Männer auf, mir ihre Fantasien zu schildern bzw. darzulegen, wie sie sich ein erstes Date vorstellten. Auf dieses Weise hoffte ich, die Spreu vom Weizen trennen zu können. Nachfolgend die Zusammenfassung und eine total ungerechte, alles andere als repräsentative Erhebung der geheimen Wünsche der Männer. Oder mit anderen Worten: die Wahrheit darüber, was Männer wirklich wollen (außer Pornos, Porsche und eine Dauerkarte für die Bundesliga), beziehungsweise die besten Strategien, wie sie glauben, uns rumzukriegen.

Männer: die Herren der fantasielosen Schöpfung

- **90 % der Männer träumen davon, ihre Partnerin beim Sex zu fesseln.**
  Dies mag die Antwort auf Alice Schwarzer und die Emanzipationsbewegung sein. Oder einfach das Bedürfnis, dieses undurchschaubare, ewig komplizierte, immerzu fordernde und quasselnde Wesen Frau für einen überschaubaren Zeitraum ruhigzustellen. Nur ein ganz kleiner Prozentsatz derer, die von einer temporären Fixierung träumen, tut dies übrigens in der Absicht, die Partnerin zu misshandeln. Natürlich ist mir klar, dass hier ein gewisses Quantum an Opportunismus im Spiel ist – selbst ein Mann weiß, dass er mit Fantasien mit den Hauptdarstellern Peitsche, Heißwachs und Nadeln allenfalls im Forum »Sklavenzentrale« Chancen auf ein Date hätte. »Meine« Männer gaben sich allein mit dem Fesseln zufrieden. Hauptsache, die Dame kann so schnell nicht mehr davonlaufen.

- **50 % der Männer kombinieren das Fesseln gerne mit einer Augenbinde.**
  Ich kann jeder Frau nur raten, beim Blind Date eine Augenbinde griffbereit zu haben – glauben Sie mir, es ist besser so. Weniger beliebt ist überraschenderweise das Knebeln. Anders als im richtigen Leben lieben es Männer, wenn Frauen beim Sex reden. Und zwar Klartext.

- **80 % der Männer mögen Dirty Talk.**
  Gegenseitiges »verbales Anheizen« und Beschimpfen kommt gut an beim männlichen Geschlecht. Dennoch sollte man vorsichtig sein. Die verbalen Ergüsse männlicher Herkunft kommen selten über das Niveau schlechter Dialoge in Pornofilmen hinaus.

- **30 % der Männer beschränken sich auch in ihrer Fantasie darauf, was ihnen die Pornoindustrie vorkaut.**
  »Wir sind in der Stadt. Du trägst einen kurzen Rock und nichts darunter ...« Wahlweise kann Stadt ersetzt werden durch Café, Umkleidekabine, Fahrstuhl, Parkhaus und andere »ungewöhnliche Orte«. Romantiker wählen anstelle von Stadt Strand.

- **45 % der Männer träumen davon, um Sex angebettelt zu werden.**
  Sie protzen mit entsprechender Erfahrung und Ausstattung und hoffen, die Partnerin damit derart in Wallung zu versetzen, dass diese gar nicht mehr anders kann, als auf Knien um Sex zu flehen. Lieblingsformulierung, die sich unabgesprochen immer wiederholt: »Du bist jetzt so heiß, dass du mich anflehst, ihn dir endlich reinzustecken und es dir zu besorgen.«

- **15 % der Männer sehen ihre Lage als so hoffnungslos an, dass selbst ihre Fantasien total frauenfreundlich frisiert sind.**
  Beliebtes Lockmittel ist das orale »Verwöhnen« der Frau. Damit glaubt der Kandidat, seinen sicheren Platz an der Muschi ergattern zu können, und ist dafür bereit, sich von ganz unten hochzuarbeiten. Häufige Beteuerungen: »Ich lecke wie Lassie« oder »Ich genieße es total, eine Frau oral zu verwöhnen.«

- **5 % der Männer haben wirklich abscheuliche Gewaltfantasien**.
  Dies führe ich allerdings auf den Frust über den häufigen Misserfolg bei Wikipop zurück.

- **3 % der Männer begegnen einer Frau auch im Internet auf Augenhöhe**, schreiben einen netten Text als ersten Schritt und möchten dann Sympathie und Chemie entscheiden lassen, ob mehr daraus wird.

Zu ihm oder zu mir – wohin mit dem Fremdkörper?

Unter diesen letztgenannten drei Prozent traf ich dann meine Auswahl. Abzüglich derer, die aufgrund von Körpergröße, Aussehen und sozialem Hintergrund im Vorfeld ausschieden. Und noch ein anderes Kriterium war essenziell, auch wenn ich es ungern zugebe: Auf die Größe kommt es an. Zumindest bei mir. Ich wollte harte Fakten, schließlich war ich nicht zum Kuscheln auf dieser Seite. Und Wikipop machte es mir da leicht. Auf den männlichen Profilseiten mussten die Männer nämlich bezüglich Länge und Größe ihres besten Stücks einen Offenbarungseid leisten. Nur zu gerecht, wie ich fand. Normalerweise sind wir Frauen ja immer diejenigen, die sich in Sachen Maße rechtfertigen müssen. Mit diesen Kriterien stellte ich in kürzester Zeit einen kleinen Kreis potenzieller Kandidaten zusammen, mit denen ich über Art und Ort des ersten Dates verhandelte.

Denn die Frage des Austragungsortes ist äußerst prekär. Wo treffen? Und damit meine ich sowohl das Kennenlernen als auch die spätere »Zusammenkunft«. Denn Männer, die man auf einer Internetseite mit der klaren Absichtserklärung Sex trifft, sind nun mal von Natur aus nicht unbedingt vertrauenswürdig. Heimvorteil oder Auswärtsspiel, lautete da die bange Gretchenfrage, die ich meinem schwulen Freund Basil stellte.

»Trefft euch bei ihm«, so sein Ratschlag. »Dann muss er die Leiche beseitigen und überlegt sich zweimal, ob er dich metzelt.« Diesen Tipp hielt ich allerdings für wenig hilfreich.

Schließlich konnte ich auf diese Weise immer noch in der Kühltruhe landen und als Beilage zu Herzoginkartoffeln und Prinzessbohnen enden.

Mehr noch als körperliche Gewalt fürchtete ich allerdings den schlechten Geschmack der Männer. Aus meiner Vorehezeit hatte ich die männliche Singlewohnung als liebestötende Stätte des Grauens noch lebhaft in Erinnerung. Schwarzes Holz mit Stahlrohren und Kunstleder war in meiner Jugend das, was der deutsche Mittelklassemann unter Gemütlichkeit verstand. Abgerundet wurde das düstere Interieur meist noch von Hinterlassenschaften diverser Exbeziehungen oder Mütter in Form von Lotteriebären in Übergröße oder Ganzjahres-Blumenkränzen aus Hartplastik. Das Herz jeder Männerwohnung war selbstverständlich das Heimkino mit 12-Box-System. Und Dolly Buster stöhnte in Dolby Surround. In jedem Fall war die Atmosphäre einer solchen Singlewohnung tödlich, zumindest für die Lust.

Auf ein Kennenlernen an einem öffentlichen Ort legte ich aber genauso wenig Wert. Wenn ich auch in dieser Stadt nicht Gefahr lief, erkannt zu werden, genierte ich mich doch, meinem Sexleben in aller Öffentlichkeit zu frönen. Ich wollte die ganze Sache so weit wie möglich im privaten Rahmen stattfinden lassen, das gehörte für mich irgendwie dazu. Zudem hatte ich Angst, dass mir in der Öffentlichkeit die Absurdität meines Tuns nur zu bewusst werden würde und meine Lust verpuffte wie ein Vampir bei Sonnenaufgang.

Überhaupt das Problem mit der Lust: Am Schreibtisch und in meinen Vorstellungen war ich die Abenteurerin schlechthin. Mutig und triebhaft, wie es sich jeder Mann nur erträumte. Und hatte ich mich im Briefverkehr mit Tom nicht zur Eins-a-Schreibtisch-Triebtäterin gemausert? Nun hatte ich allerdings Angst vor dem Realitätscheck. Das, was in der Fantasie so wunderbar flutschte, erwies sich in der Realität mit echten Personen, Gerüchen und Geschmäckern sicherlich als zähe Angelegenheit voller Tücken. Meine Bruchlandung mit Tom steckte mir noch in den Knochen.

Ich musste mein Date daher mit Bedacht auswählen. Möglichst jemanden, der auf diesem Gebiet schon Erfahrung besaß und die Ruhe bewahren würde, wenn ich sie verlor. Nach kurzer Zeit hatte ich den geeigneten Kandidaten am Haken. »Amigo« war ein gut aussehender Akademiker Mitte 30, im E-Mail-Verkehr gewandt und charmant und mit gutem Gesamtpaket, wie Heidi Klum es ausdrücken würde.

»Wie du bin ich auf der Suche nach einer Möglichkeit, meinen Alltag außergewöhnlich zu gestalten. Vielleicht kann unsere Begegnung dazu etwas beitragen«, hatte er geschrieben.

Da hatte er meinen Text zwar nicht ganz richtig verstanden, denn ich wollte nicht meinen Alltag, sondern genau genommen mein Leben jenseits des Gürtellinienäquators aufmöbeln. Möglicherweise gehörte es aber einfach nur zum guten Stil, der Dame einen gewissen Rückzugsraum zu lassen, sie nicht ganz so sehr bei ihrem schmutzigen Wort zu nehmen, das sie als dicke Lippe auf ihrer Profilseite riskiert hatte. Außerdem überzeugte mich »Amigo« mit einer fertigen Strategie für ein erstes Date. Er schlug mir vor, mich an einer Straßenecke in der Nähe meiner Wohnung zu treffen. Das war ein guter Plan. So konnten wir uns gegenseitig in Augenschein nehmen und bei Nichtgefallen sofort auseinandergehen ohne den bitteren Geschmack eines zu schnell getrunkenen Kaffees in der Kehle.

Doch nicht nur bezüglich des Treffpunkts, auch in anderer Hinsicht steckt ein erstes Date voller tückischer Entscheidungsfragen. Allem voran natürlich die eine entscheidende Überlegung: Was anziehen, bevor man sich auszieht? Sexy und damit womöglich mehr versprechend, als man letztlich bereit ist zu halten? Oder eher legerer Look, um zu signalisieren: Hey, das Ganze hier ist mir nicht so wichtig.

Speziell bei einem auf ein tiefer gehendes Kennenlernen ausgerichteten Wikipop-Date hört die Entscheidungsfindung aber bei der Oberbekleidung nicht auf. Neben der Frage nach dem Darüber stellt sich auch die nach dem Darunter. Bei der Wahl, was man *unter* den mühevoll ausgewählten wahlweise sexy oder legeren Klamotten tragen soll, gibt es drei Optionen:

a: praktische Baumwolle,

b: Reizstoffe in Form von Satin und Spitze,

c: gar nichts.

Antwort b und c bergen das Risiko, dass man den Mann durch zu offensive Herangehensweise verschreckt, Antwort dagegen a könnte zu einem spontanen Erlahmen aller Tätigkeiten führen.

Wobei das gleich die nächste Frage aufwirft: Wird es schon beim ersten Date überhaupt zum »Darunter« kommen? Natürlich muss das jeder selbst entscheiden. Jeder hat da ja sein eigenes Seelentempo. Manche brauchen eben etwas mehr von der berühmt-berüchtigten Anlaufzeit, andere weniger. Ich hatte an mich persönlich den Anspruch, weniger zu brauchen. Fremd fickt gut, das war meine Devise. Das war doch gerade der Kick. Alles, was man vom anderen wusste, war seine Vorliebe für rote Strapse. Ob dieser Mensch einen Versandhandel für Hygienepapier betrieb, eine schmutzige Scheidung durchlebte oder Sorgen mit seiner frühreifen Tochter hatte, musste mich nicht interessieren.

Wenige Tage später schritt ich mit zitternden Knien und nervös bis zur Halskrause zur besagten Straßenecke, gespannt, was das Schicksal diesmal für mich bereithielt. Schon von Weitem sah ich, dass es wohl günstiger gestimmt war als bei dem Treffen mit Tom. An der verabredeten Stelle stand ein Mann, gut fünf Zentimeter kleiner als ich, aber noch attraktiver als auf dem Foto. Für mich, die ich mit einem schwergewichtigen, entstellten Menschen gerechnet hatte, der sich mithilfe geliehener Fotos an Frauen heranmachte, zunächst ein kleiner, wenn auch positiver Schock.

»Amigo« half mir, ihn zu überwinden, indem er vorschlug, zunächst das Café um die Ecke aufzusuchen. Ich hatte gar nichts dagegen, dort gemeinsam mit ihm gesehen zu werden. Im Gegenteil. Wie wir da saßen und redeten, stellten sich jede Menge Gemeinsamkeiten heraus. Auch er lebte in Trennung, auch er war Marketingchef einer großen Kompanie ... Sein ohrenlanges Haar klemmte hinter einer schmalen Sonnenbrille, und er verströmte den dezenten Duft eines Parfüms für Kenner. Trotz des Größenunterschiedes konnte ich mir durchaus vorstellen, noch öfter und ganz öffentlich mit ihm gesehen zu werden. Vielleicht war er ja sogar ein adäquater Ersatz für meinen treulosen Mann Paul und würde mich und meine Qualitäten besser schätzen als dieser?

Wichtig war mir jetzt auf einmal, »Amigos« Bild von mir zurechtzurücken. Ich wollte alles daransetzen, dass er mich nicht für »so eine« hielt. Ein weibliches Opfer der Notgeilheit, das sich mit Hinz und Kunz traf und mit Trampolingeschwindigkeit durch deren Betten hüpfte. Blitzschnell holte ich daher meine anständige Fassade hervor und polierte sie kräftig. Als »Amigo« mich einfühlsam nach meinen Datingerfahrungen auf dieser Webseite fragte, knetete ich meinen Nacken und beeilte mich, mit einem – wie ich glaubte – entwaffnenden Lächeln zu erklären: »Ich suche eigentlich nicht ernsthaft. Mein Profil habe ich nur aus einer Laune heraus angelegt, und wenn du nicht wärst, hätte ich mich gar nicht getroffen. Du bist mein erstes Date.«

Daraufhin lehnte sich »Amigo« nach vorn, legte seine Hand auf meine und raunte mit tiefer gelegter Stimme: »Besonders geil finde ich, dass du auf Pornokinos stehst.«

Für Sekunden kämpfte ich mit meinem Schluck Cola, den ich gerade im Begriff zu schlucken gewesen war und der sich nun einen anderen Weg als den vorschriftsmäßigen bahnte. Wie peinlich! Und ja. Ich hatte Pornokino bei meinen Vorlieben angekreuzt. Immerhin besaß ich auf diesem Gebiet – zumindest theoretisch – schon Erfahrung. Da war es doch nur konsequent, das auch anzugeben, oder? Ich konnte ja nicht ahnen, dass man mich mal derart auf diese Angabe festnageln würde. Jetzt gab es kein Zurück mehr. Mein Ruf war offensichtlich ruiniert. Warum also nicht gänzlich ungeniert, dachte ich und lächelte ihn einladend an, während ich meine Cola gänzlich leerte.

Trotzdem brachte ich es nicht über mich, ihn gleich mit zu mir nehmen. Ich wollte meiner Seele fürs Erste eine Gewöhnungszeit zugestehen. Also verabredeten wir, dass er mich zwei Tage später in seiner Mittagspause besuchen würde. Bei »Amigo« hatte ich keinerlei Bedenken, ihn in meine Wohnung einzuladen. Kannibalen, Lustmörder und Stalker sahen einfach anders aus. Er war auch nicht der Typ, der sich nachts betrunken vors Haus stellt und randaliert, wenn man ihm Hausverbot erteilt. Er wirkte einfach nur kultiviert. Und vorerst hatte ich gar nicht vor, ihm Derartiges zu erteilen. Vielmehr wollte ich, dass er mich sozusagen heimsuchte. Und zwar bald.

Für den Tag unseres Treffens hatte ich mir freigenommen. Ich musste die Wohnung datemäßig aufpolieren: das Foto von Paul verstecken (das ich immer noch abends vor dem Schlafengehen anstarrte), Bad und Toilette putzen (auch unter der Klobrille, falls er sie hochheben sollte) ... Außerdem besorgte ich im Feinkostgeschäft süße und salzige Snacks, frischen Kaffee, zwei Sorten Wein, einen Cremant, einen Brut. Den Nachmittag, so glaubte ich, würden wir gemeinsam mit Gebäck und Sekt im Bett vertrödeln. Nachdem ich alles erledigt hatte, begab ich mich ins Bad, um meinen Körper auf Sexdatingniveau zu tunen. Das hieß rasieren, peelen, cremen, damit der Herr nicht über irgendwelche Unebenheiten stolperte oder sich im Tiefenrausch irgendwo verfing.

Pünktlich um ein Uhr klingelte es. Ich öffnete im seidenen Morgenmantel, so hatte ich zumindest die Kleiderfrage geschickt umgangen. »Amigo« brachte Champagner mit, den wir in Windeseile hinabstürzten, um alle Restbedenken wegzuspülen. Schneller, als ich den Mantel abstreifen konnte, landeten wir im Bett. Beim Auspacken durfte ich feststellen, dass sich die fehlenden fünf Zentimeter Körpergröße in »Amigos« Hose wiederfanden. Es gibt doch einen gerechten Gott, dachte ich, bevor ich im Sinnenrausch abtauchte. Es war perfekt. Ich brauchte mir keine Gedanken mehr darüber zu machen, ob die Lust kam. Sie war einfach da. Und ging auch so schnell nicht weg. Schwierig wurde es nur, als er versuchte einzudringen. Es ging nicht. Beziehungsweise es ging nicht ohne Schmerzen. Jedes Mal, wenn er über einen bestimmten Punkt hinauskam, tat es weh, wie ... ich überlegte ... wie bei meiner ENTJUNGFERUNG? Das konnte nicht sein. Zwar hatte ich schon gelesen, dass das Jungfernhäutchen wieder zuwachsen kann, aber doch nicht nach 15 Jahren Ehe! Eher handelte es sich um festgewachsene Spinnweben!

Doch »Amigo«, der wohl entsprechende Erfahrung mit der Größe seines Gemächts hatte, brachte sich in Position und drang mit einem schmerzhaften Ruck ein. Autsch!, dachte ich. Es tat wirklich weh, ein bisschen wie ... Aber nein. Ich weigerte mich, das Wort noch einmal zu denken. Beim Sex war ich nun allerdings nicht mehr recht bei der Sache, obwohl er sich wirklich gut anfühlte.

Sobald »Amigo« weg war, rannte ich mit fliegendem Seidenmorgenmantel zurück ans Bett, riss die Decke zurück und sah: Blut! Nicht genug, um es irgendeinem Zyklus in die Schuhe schieben zu können, aber auch nicht zu wenig, um es ignorieren zu können. Eben genau so viel wie damals, mit 16, bei meiner ... Aber nein. Ich wehrte mich dagegen, dieses Wort nur zu denken. Dann bezog ich das Bett frisch. Bis heute ist diese Begebenheit eines der wenigen ungeklärten Rätsel meines Lebens. Und nein, ich habe das Betttuch nicht aufgehoben.

Doch zurück zu »Amigo«. Der war schneller weg, als meine Lust erlaubte. Pünktlich um Viertel vor zwei brach er auf. Offensichtlich war er ein gewissenhafter Werktätiger. Schade. Kein beschwipst-beschwingtes Trinken und Lachen im Bett, wie ich es mir ausgemalt hatte. Kein Reden und Pläneschmieden für das nächste Mal. Keine zweite Runde. Also genehmigte ich mir den Rest des Champagners und malte mir den Rest des Tages aus, wie er von mir aus hätte sein sollen. Und wie es sein würde. Denn dass wir uns wiedersehen würden, war so gut wie sicher. Das glaubte ich auch noch, nachdem ich eine Woche nichts von ihm gehört hatte. Also schrieb ich und schlug ihm vor, am Wochenende einen Spaziergang zu machen. »Amigo« antwortete mit einem Gegenvorschlag: »Sexy Mittagspause?«

Ich gewährte sie ihm. Zwei Tage später empfing ich ihn erneut. Wieder trug ich den Seidenmantel. Er diesmal einen Sekt. Wieder praktizierten wir die magische Dreiviertelstunde, deren Dauer er offenbar spürte, ohne dass er auf die Uhr schauen musste.

Da mein Unternehmen in dieser Woche eine Vernissage veranstaltete, fragte ich »Amigo«, ob er mich dorthin begleiten wolle. Doch ich sah ihn erst wieder die Woche darauf – raten Sie mal, wann! Da wurde selbst mir klar, dass dieser Mann nicht mehr für mich übrighatte als seine Mittagspause.

In gewisser Weise konnte man also sagen, er hatte tariflich bezahlten Sex. Da ich mir jedoch aus Gewerkschaftsangelegenheiten nichts mache, erlosch damit auch mein Interesse. Nach kurzer Trauerperiode suchte ich Ablenkung in neuen schmutzigen Abenteuern. Noch lange Zeit bekam ich gelegentlich eine SMS mit dem Inhalt »Sexy Mittagspause?«, doch nie wieder antwortete ich darauf. Warum sollte sich mein Sexualleben schließlich auf eine knappe Stunde beschränken, wenn ich massenhaft Angebote für Vollzeitliebschaften auf meinem virtuellen Schreibtisch hatte?

Verkehrsbehinderung durch erheblichen Triebwerkschaden

»Erotiktotal« war mein nächstes Opfer. Er war Mitte dreißig, dunkelhaarig und betrieb mit Leidenschaft das Hobby Schwarz-Weiß-Fotografie. Positiver Nebeneffekt dieser Freizeitbeschäftigung: Er besaß jede Menge ästhetischer Aufnahmen, die er auf seinem Profil ausstellte. Er war wirklich ein Bild von einem Mann. Dunkle Haare und Goatie, dieser Lippen und Kinn ummalende Bart, den ich so lange sexy fand, bis mich jemand darüber aufklärte, dass man so etwas in einschlägigen Kreisen »Gesichtsfotze« nennt.

Ich traf »Erotiktotal« an einem Samstagnachmittag an der bekannten Ecke – den Treffpunkt hatte ich schamlos von »Amigo« geklaut. Die Fleischwerdung von »Erotiktotal« zu Hans-Joachim, dem Bierbrauer, verlief nicht ganz so vorteilhaft wie bei »Amigo«. Die Schwarz-Weiß-Fotos hatten geschickt eine ungesund rote Gesichtsfarbe kaschiert, von der ich nicht sagen konnte, ob es sich dabei um eine Gesichtsrose, erhöhten Blutdruck oder einen Solariumunfall handelte. Oder vielleicht wurde man einfach so, wenn man sein Leben in der Nähe von Bier verbrachte.

Dennoch nahm ich Hans-Joachim gleich mit nach Hause. Sicherheitsbedenken hatte ich auch da keine. Schon von Beginn an war klar: Das Körperteil, das er an mir am meisten begehrte, war mein Ohr. Er gehörte zu den Menschen, die das Reden vor den Beischlaf stellen. Im Laufe der Zeit sollte ich feststellen, dass bei vielen Männern das Abspulen der Lebensgeschichte zum Vorspiel gehört. So auch bei Hans-Joachim.

Stumm Kaffee trinkend, saß ich neben ihm, während er mit diversen Problemen in der Kindergartenzeit startete. Nach dem dritten Kaffee war er noch nicht einmal bei der Grundschule angelangt.

Langsam verlor ich die Geduld. Als er gerade bei seinem frühkindlichen Zeichen- und Maltalent angelangt war, nutzte ich eine Atempause, um mich rittlings auf seinem Schoß zu platzieren. Der Blick auf meine Strapse lenkte ihn kurzfristig von seiner Lebensgeschichte ab. Allerdings reichten die Strapse nicht aus, um den Blutstrom in ausreichender Menge in seine Lendengegend umzulenken. Ich konnte auf besagter Stelle herumrutschen, so viel ich wollte, es tat sich nichts. Mit anderen Worten, er machte dem Namen der Punkband Die Toten Hosen alle Ehre. Möglicherweise lag es ja daran, dass ich ihn nicht hatte ausreden lassen, und jetzt rächte sich sein Körper für diesen Blabla interruptus.

Hans-Joachim behielt jedoch die Nerven. Mit geübten Griffen machte er sich an die Arbeit und nahm die Dinge selbst in die Hand. Oder vielmehr in den Mund. Jedenfalls ließ er nun seine Zunge zum Einsatz kommen. Äußerst kunstvoll und ausdauernd, muss ich gestehen, dennoch fühlte ich mich am Ende nur ersatzbefriedigt. Eine Zunge kann eben keinen Schwanz ersetzen, auch wenn mein Orgasmus das Gegenteil behauptete.

Für seine Taten verlangte Hans-Joachim keinerlei sexuelle Gegenleistung. Beschwingt von seinem Erfolgserlebnis, wollte er einfach nur die aus seiner Sicht hochspannende XL-Version seiner Lebensgeschichte fortsetzen. »Wo waren wir stehen geblieben?«, lautete daher seine rein rhetorische Frage, denn selbstverständlich war er gedanklich längst schon wieder beim Vorschulzeichenkurs.

»Du wolltest gerade gehen«, unterbrach ich ihn und zog mich an. Ja, ich gebe zu, es war nicht gerade ein höflicher Abgang. Aber hey, wir hatten uns schließlich über Wikipop.de kennengelernt, nicht über WikiQuatsch. Als er zur Tür hinaus war, dachte ich sehnsüchtig an »Amigo« und die fünf zusätzlichen Zentimeter. Doch es war Samstag, und an Wochenenden war er nicht für mich zu sprechen. Auf zu neuen Usern, dachte ich und landete wieder auf Wikipop. Während Hans-Joachims Kindergartenerlebnissen hatten mich 30 neue E-Mails erreicht. Gute Voraussetzungen, um nach meinem nächsten Liebhaber zu fischen.

»Manray« warb mit Niveau, Erfahrung und Fantasie. Gleich drei Dinge, von denen die paarungsbereite Frau träumt. Was außerdem positiv zu Buche schlug: Er wohnte in einem Businesshotel. Das erleichterte die Frage des Treffpunktes. Wir konnten uns in der Hotelbar treffen, weltmännisch einen Drink nehmen und uns dann aufs Zimmer zurückziehen. Anschließend musste nicht ich, sondern das Zimmermädchen das Bett frisch beziehen.

Dieser Sachverhalt kam mir gerade recht, da ich mein Unwesen in Zukunft außerhalb der eigenen vier Wände treiben wollte. Meine Wohnung hatte ich ja möbliert gemietet und ich wollte übermäßigen Verschleiß von Möbeln und Matratze durch intensive Nutzung vermeiden. Nicht dass mir bei meinem Auszug der abgewetzte Teppich von der Kaution abgezogen würde. Außerdem befürchtete ich, dass mir bei noch mehr wechselndem Herrenbesuch die Nachbarn professionelle horizontale Machenschaften unterstellen und mich gar dem Omastrich zuordnen könnten.

Ein Hotel schien da die ideale Alternative. Das glaubte ich zumindest, bis ich die Empfangshalle betrat. Es gibt in Deutschland einen Hotelstandard, der mit seiner adretten

Zweckmäßigkeit und dem unbedingten Willen, alles richtig zu machen, der Trostlosigkeit von männlichen Singlewohnungen in nichts nachsteht. Diese Hotels sind möglicherweise geeignet zur Übernachtung (eine Nacht) und zur Ausrichtung von Konferenzen, aber keinesfalls als inspirierende Kulisse für extravagante Sexabenteuer. Dies wurde mir jedoch erst klar, als es bereits zu spät war, um mich wieder zurückzuziehen.

»Manray« wartete im Eingangsbereich. Nach einer kurzen Begrüßung folgte ich ihm in die Hotelbar. Er war Softwareingenieur und sah für jemanden, der hauptberuflich mit Computern kommuniziert, gar nicht schlecht aus. Und er war bei Weitem das Attraktivste, was die Hotelbar zu bieten hatte. Denn diese verbreitete die Atmosphäre eines Zugbistros der Deutschen Bahn: laminierte Plastiktische, gemusterte Sitze in unappetitlichen Farben, es fehlte nur die Durchsage eines badischsprachigen Schaffners in Deutsch und Denglisch. »Sänk you for traveling with Deutsche Bahn«, dachte ich und setzte mich mit dem Systemtechniker an einen Tisch. »Manray« besaß eine gute Allgemeinbildung und Sex war sein Spezialgebiet. Nachdem wir unsere Bedingungen abgeklärt hatten und die Gin Tonics geleert waren, bestellte er eine Flasche Rotwein und nahm uns beide mit auf sein Zimmer.

Auch hier herrschte die bereits vertraute Zugatmosphäre, allerdings nicht die eines Großraumwagens, sondern eines Abteils. Ich legte mich auf die in Rost/Rotz/Senf-Tönen gehaltene Tagesdecke, um sie aus dem Blickfeld zu haben. »Manray« wertete dies als Signal dafür, mich professionell zu entkleiden, wobei er mich immer wieder in die stabile Seitenlage brachte. Offenbar besaß er profunde Kenntnisse in Sachen Erste Hilfe. Ein echtes Allroundtalent.

Ich ließ ihn machen, während mein Blick durch den Raum schweifte. Sessel und Lampenschirm setzten Design und Farbigkeit der Tagesdecke konsequent fort. Links die Kochnische, abgenutzt vom Aufwärmen unendlich vieler billiger Dosengerichte, gegenüber der Fernsehapparat. An der Zimmerdecke Stockflecken. Eine Augenbinde wäre jetzt von Vorteil gewesen. Auf meinem Bauch »Manray«, der sich mit belegter, rotweingefleckter Zunge unterhalb meiner Gürtellinie vorwärtsbewegte. Meine Muschi rebellierte allein beim Gedanken an weiteren Schleimhautkontakt. Von der gestrigen Leckorgie war sie noch aufgeschwemmt wie meine Hände nach zwölf Stunden Vollbad. Ich beschloss daher, »Manrays« Zunge dem Rotwein zu überlassen, und ergriff die Flucht.

Pornokino. Hier kommst du zum Film

Nach diesen zwei eher lauwarmen Erfahrungen war ich bereit für die volle Dröhnung Lust. »Billie« versprach, mich zu einer ganz besonderen Stätte der Lustverstärkung zu führen: ins Pornokino. *Back to the roots*, dachte ich und freute mich auf ein Date ohne Tabus.

Wir trafen uns zunächst zum Mittagessen in einem Bistro, und was für Außenstehende aussehen mochte wie ein ganz normaler Businesslunch, war das Erstellen eines frivolen Schlachtplans. »Billie« besaß schon Erfahrung mit dem Schauplatz Pornokino und kannte auch das für unsere Zwecke geeignete Etablissement. Die Idee war verlockend. Erstens reagiere ich auf Pornos wie der Pawlow'sche Hund mit Sofortlust. Zweitens erledigte sich auch hier auf angenehme Weise die leidige Frage nach dem Treffpunkt. Das Kino war öffentlich genug, um sich sicher zu fühlen, und privat genug, um die Beine zu spreizen. Drittens erhoffte ich mir durch die erhöhte Reizintensität weniger Stehschwierigkeiten beim Mann und damit einhergehend mehr Freude für mich.

»Billie« hatte die Untiefen dieses Sündenpfuhls bereits gründlich erforscht, bis vor Kurzem hatte er eine Beziehung zu einer Rechtsanwältin unterhalten. Und die bizarren Spiele, die er dort mit ihr gespielt hatte, hoffte er nun mit mir fortsetzen zu können.

»Macht es dich an, von fremden Männern beobachtet zu werden?«, tastete er sich zwischen Salat und Mineralwasser vor.

»Wir laden sie alle ein«, konterte ich.

»Und was, wenn ich dir einen aussuche, weil du es nicht kannst ...«

Ich schluckte.

»... weil dir die Augen verbunden sind?«, setzte er hinzu.

»...?«

»... und du gefesselt bist ... und nackt ... und nur ich bestimme, was mit dir geschieht?«

Mir wurde heiß. Alles, was recht ist. Aber diese Anwältin hatte sich auf erotischem Gebiet scheinbar haarscharf an der Grenze der Legalität bewegt. Ich war mir nicht mehr sicher, ob ich tatsächlich eine geeignete Nachfolgerin war, und erbat mir Bedenkzeit. »Kein Problem«, gab »Billie« zurück. Wir vereinbarten, dass ich mich bei ihm melden würde, wenn ich das Gefühl hatte, dass ich »so weit« sei.

Einen Tag später rief ich ihn an.

»Wie wär's heute Mittag?«, raunte ich in den Hörer, wohl wissend, dass er sich in seinem Büro befand.

»Das ist nicht zu schaffen. Geht nicht«, gab er mit sachlicher Bürostimme zurück.

Eine halbe Stunde später hatte ich ihn erneut am Ohr. An den Hintergrundgeräuschen erkannte ich, dass er sich auf offener Straße befand.

»Ich hole dich in einer Viertelstunde ab«, hörte ich ihn gegen den Verkehrslärm anbrüllen. Das ist eine Eigenschaft, die ich an Männern besonders schätzen lernte. Wenn es um Sex geht, lassen sie alles andere stehen und liegen. Geilheit kennt eben keinen Aufschub. Zumindest darauf ist bei Männern immer Verlass. Und dafür liebe ich sie.

Eine Stunde später betraten wir die Stätte des primitiven Vergnügens. Ein Gang führte vorbei an Kabinen, aus denen die Darstellerinnen um die Wette stöhnten. Vereinzelt fing ich Sätze der Dialoge auf und musste schmunzeln. Im Sinne einer freiwilligen Selbstkontrolle bin ich stets dafür, dass man bei Filmen zumindest in Sachen Dialog enthaltsam bleibt. Zügig schritten wir den *Walk of Shame* entlang, wobei mich die Männer in den Kabinen keine Sekunde aus den Augen ließen. Aus Berichten über diese Kino wusste ich, dass Paare sich hier unter den Anwesenden gerne noch den einen oder anderen »Mitspieler« einluden, und in den Blicken der Männer sah ich wilde Hoffnung flammen. Fürs Erste wollten wir jedoch zu zweit bleiben. Kurz zuvor hatte ich allerdings noch ganz beherzt von Gruppensex auf Kinosesseln fantasiert. Erotische Grenzgänge wie diese erregen mich in der Fantasie aufs Äußerste. Doch hier, inmitten des Überangebots an Stimulation und möglichen Mitspielern, verkroch sich meine Lust in einen Winkel, in dem ich sie nicht mehr erreichen konnte. Noch oft sollte ich die Erfahrung machen, dass Dinge, die in meiner Vorstellung absolut erregend waren, sich in der Realität wenig glanzvoll präsentierten. Außerdem, die Kerle liefen uns ja nicht weg. Wann immer ich Lust hatte, es war genügend Vorrat vorhanden.

Wir zogen uns also in ein für Paare vorgesehenes Separee zurück. Der Pärchenraum war billig möbliert, eine Sitzgruppe mit Spiegel und Großbildleinwand. Das Sofa aus abwaschbarem Kunstleder wartete dienstbar auf seinen nächsten Fick. Der Schmuddelstreifen auf dem TV-Schirm zeigte eine Blondine, die von zwei Kavalieren kräftig rangenommen wurde. Sie fungierte als Puffer zwischen den beiden Kerlen, die jeweils die vordere und hintere Öffnung der Frau belegten. Ich entledigte mich meiner Kleidung und registrierte mit Befriedigung die Gier in »Billies« Augen.

Nun traute sich auch meine Lust wieder langsam heraus. Wie es im Pornokino gute Sitte ist, begann ich zu masturbieren und wies ihn an, mich mit seinen Fingern zu penetrieren. Inzwischen hatte ich gelernt, schon gleich beim ersten Date alles einzufordern, was zu meiner Lustgewinnung nötig ist. Denn zu einem zweiten Date kam es in den meisten Fällen nicht. »Billie« tat gehorsam, was ich wollte, scheinbar froh darüber, dass sich ihm für einen Moment das Mysterium Frau enträtselte.

Im Bemühen, alles richtig zu machen, bewegte er seine Finger nur ganz sanft wie ein Vibrator, dessen Batterie jeden Moment den Geist aufgibt, und genau dieses Gefühl bewirkte, dass ich in Sekundenschnelle kam. Ich revanchierte mich dafür mit einem Blowjob, was mir leichtfiel, denn die vollmundig angekündigten 15 x 5 Zentimeter befanden sich noch im vollständigen Schlummermodus und so konnte ich beherzt zupacken, ohne Kehlkontakt zu riskieren. Als ich nach einigen äußerst raffinierten Manövern immer noch kein Wachstum verzeichnen konnte, wurde ich allerdings misstrauisch. Machte ich etwas falsch oder hatte ich mit schlafwandlerischer Sicherheit wieder einen Blindgänger erwischt?

Hatte ich nicht. Die bittere Erkenntnis ergoss sich wenige Sekunden später in meinen Mund. »Billie« hatte mich zwar gewarnt, aber ich hatte ihm nicht geglaubt. Ein schlaffer Schwanz kann nicht spritzen, hatte ich bisher gedacht. Hier wurde ich eines Besseren belehrt.

Ich frage mich jedoch, warum Männer mit Triebwerkschwäche nicht entsprechend vorsorgen. Wäre ich Mann, ich würde zu allen auf dem Markt verfügbaren Fördermitteln greifen, um eine derartige Situation zu vermeiden. Zu dieser Zeit ahnte ich noch nicht, dass ich alsbald selbst mit solchen Mitteln in Kontakt kommen würde. Vorerst wusste ich nur eines: Trotz des leicht bitteren Nachgeschmacks, den dieser Besuch im Kino hinterließ, hatte ich Feuer gefangen. Dies war sicher nicht mein letzter Kinobesuch. In erotischer Hinsicht sah ich beim Film eine ganz große Zukunft für mich.

Doppelt gemoppelt hält besser

Trotz der einen oder anderen prickelnden Situation war meine Pannenstatistik insgesamt niederschmetternd. Vier Dates, davon drei Blindgänger. Moderne Erhebungen lassen uns glauben, dass Männer alle zehn Sekunden an Sex denken. Keiner jedoch klärt uns darüber auf, dass es in den meisten Fällen beim Denken bleibt. Möglicherweise war mein Urteil ja auch voreilig. Vielleicht hatte ich einfach Pech gehabt, die falsche Auswahl getroffen, womöglich hatten auch Männer Nerven, die ihnen den Dienst versagten, wenn es von null auf 1000 zur Sache ging. Aber ich hatte nicht den Nerv, das in einer objektiv angelegten Studie zu überprüfen. Wenn etwas Schlechtes passiert ist, soll man nicht noch schlechte Gedanken hinterherwerfen, lautet ein afrikanisches Sprichwort, also beschloss ich, mich lieber Neuem zuzuwenden.

Zum Beispiel jüngeren Altersklassen. In meiner Mailbox befanden sich reichlich Anfragen von Männern zwischen 20 und 30 Jahren. Bisher hatte ich diese jedoch ignoriert. Ich wollte nicht in die Fußstapfen von Madonna, Simone Thomalla oder Natascha Ochsenknecht treten, die mit Leidenschaft ihre Junghengste über den roten Teppich zerrten und benommen und mit glänzenden Augen vom »besten Sex ihres Lebens« berichteten. Doch der Jungmann versprach zumindest eines: zuverlässiges Stehvermögen.

Noch am Abend nach dem Treffen mit »Billie« betrat ich den Chatraum. Dort traf ich »Merlin«, einen jungen »Handwerksmeister«, so stellte er sich vor. Er hatte mich bereits mehrmals kontaktiert. Er protzte nicht nur mit jugendlichen 28 Jahren, sondern auch mit einem besten Freund. Und damit meinte er nicht die 19 x 6 Zentimeter, die zwischen seinen Beinen baumelten. Wir hatten schon ein paarmal hin- und hergeschrieben, aber ich hatte ein Treffen wegen des Altersunterschiedes stets abgelehnt. Jetzt schien mir das Angebot allerdings doppelt vielversprechend. Jugendlich pralles Stehvermögen, und das gleich zweimal – das klang nach doppeltem Vergnügen mit der Gelingsicherheit von Sahnesteif.

Wenn einer den Dienst versagte, konnte schließlich immer noch der andere einspringen. Außerdem sind Männer in Gesellschaft ihrer Artgenossen immer auch lockerer und entspannter. Ähnlich wie sich ein nervöses Pferd durch die Anwesenheit eines phlegmatischen automatisch beruhigt, vermutete ich hier einen positiven Abstrahleffekt des einen auf den anderen. Wir chatteten also hin und her und nach wenigen Minuten gesellte sich »Apoll«, der beste Freund, hinzu und wir führten eine flotte Dreieckskonversation. Es war ein kurzweiliges Gespräch ohne Wartepausen und gab mir einen kleinen Vorgeschmack auf das, was mich in der Horizontalen erwarten konnte. Letztlich vereinbarten wir ein Treffen für den kommenden Samstag in »Apolls« Appartement. »Merlin« war selbstverständlich mit von der Partie. Nachdem ich die beiden dingfest gemacht hatte, wollte ich den Chat verlassen. Doch kurz bevor ich mich ausloggte, sprach mich »Don« an.

Er war ein User in meinem Alter, mit dem ich seit Kurzem einen nicht uninteressanten Briefwechsel führte. Allerdings kein Cybersex, sondern mehr der Austausch von Erfahrungen. An einem Treffen mit ihm hatte ich nicht unbedingt Interesse. »Lust ist Gefühlssache und Gefühle lassen sich nicht im Instantverfahren herstellen«, schrieb er auf seiner Profilseite. Das war sicherlich eine löbliche Einstellung. Nur hatte ich bereits etwa 30 Jahren nach dieser Einstellung gelebt und war gerade dabei, mir selbst zu beweisen, dass Lust auch ohne ein Vorspiel der Gefühle möglich war. Daher sah ich für »Don« und mich keine gemeinsame erotische Zukunft.

Außerdem war ich inzwischen ein gebranntes Kind des erschlaffenden Feuers und vermutete hinter dieser Einstellung auch nur wieder eine akute Triebwerkschwäche. Da auch er nicht wirklich ein Treffen anstrebte, blieb es beim lockeren Chatten. Ich berichtete ihm ganz unzensiert von meinen neuesten Schandtaten und er erwies sich als guter Zuhörer. Bei ihm musste ich kein Blatt vor den Mund nehmen. Er schien auch schon einiges in dieser Angelegenheit erlebt zu haben und hatte oft einen guten Ratschlag zur Hand. So freute ich mich immer, wenn ich ihn im Chat traf, also plauderten wir auch jetzt kurz:

»Wieder auf Beutezug?«

»Allerdings.«

»Was steht auf der Speisekarte?«

»Ménage-à-trois.«

»Faites vos jeux.«

Ich lächelte über das Wortspiel, entschied mich jedoch, vorerst nicht allzu viel zu verraten. Die Details würde ich ihm lieber später zukommen lassen – falls es ein gelungenes Date wurde. Wenn es schlecht war, würde ich es getrost in der Versenkung des Vergessens verschwinden lassen.

Die Zeit bis zu meinem Hochleistungsdate zog sich wie Latex. Die Vorfreude auf die beiden Jungs war derart heftig, dass ich mich zwei Tage krankschreiben ließ und diese komplett mit Händen unter der Bettdecke verbrachte. Am zweiten Tag war ich allerdings so wund masturbiert, dass ich meine Tätigkeiten dringend einstellen musste, wenn ich am Samstag nicht total unbrauchbar sein wollte.

Also schleppte ich mich ins Büro, wo ich durch nichts anderes auffiel als durch vollkommene mentale Abwesenheit. Meine Teamkollegen mussten mich wiederholt an Absprachen und Konferenzen erinnern. Wahrscheinlich war ich auf dem besten Wege, als die phlegmatischste Teamleiterin aller Zeiten in die Firmengeschichte einzugehen. Ich schwor mir, mich in Zukunft mehr am Riemen zu reißen und mehr Energie in den Job zu investieren. Allerdings erst nach meinem ambitionierten Date.

Und dann geschah das geradezu Unfassbare. Ein Kollege aus dem Produktmanagement hatte am kommenden Samstag – meinem Samstag! – Geburtstag und lud mich zu seiner Grillparty ein. Das traf mich völlig überraschend. Bedingt durch mein neues schmutziges Hobby, hatte ich in meiner Firma bisher kaum private Kontakte geknüpft. Und dieser gut gemeinte Versuch, mich in das Team zu integrieren, verärgerte mich eher, als dass er mich freute. Allerdings konnte ich ja schlecht ablehnen mit dem Hinweis: Entschuldigung, aber am Samstag habe ich meinen ersten Dreier.

Das wäre jedoch wohl so ziemlich die einzige Ausrede gewesen, die man akzeptiert hätte, denn jeder im Büro wusste, dass ich allein in der Stadt lebte, mein Mann sich in Hamburg befand und mein soziales Leben hier als überschaubar zu bezeichnen war.

»Paul kommt übers Wochenende«, improvisierte ich eine Ausrede im verzweifelten Versuch, mir Bedenkzeit zu verschaffen.

»Prima, bringen Sie ihn mit. Dann lernen wir ihn kennen«, gab mein Kollege freundlich zurück. Ich nickte stumm, während ich vor Ärger geradezu implodierte. Wie sollte ich aus der Nummer nur wieder herauskommen? Ich ging frühzeitig nach Hause und entwarf mittels ausgiebigen Nachdenkens einen Schlachtplan, der alle Beteiligten zufriedenstellen würde.

Ein gefühltes Jahr später war es endlich so weit. Der Tag meiner monosexuellen Entjungferung war gekommen. Zunächst würde ich – allein – die Grillparty besuchen und mich dann unter dem Vorwand eines unpässlichen Pauls, der krank zu Hause lag, bald verabschieden. Dieser Plan verband das Unvermeidliche mit dem Angenehmen und insgeheim beglückwünschte ich mich zu der genialen Lösung. Ich hatte mir also offenbar meine strategischen Fähigkeiten noch nicht vollends weggevögelt.

Paul weilte natürlich – in Unkenntnis der undankbaren Rolle, die er in meinen Plänen spielte – in Hamburg. Trotzdem hielt sich mein schlechtes Gewissen in Grenzen. Wahrscheinlich tat er ohnehin nichts weiter, als sich mit einer seiner zahllosen Studentinnen zu vergnügen.

Im Nachhinein erwies es sich als gut kalkulierter Zug, erst zur Party zu gehen. Statt mich vor Aufregung oder Angst einzunässen, stand ich mit Kollegen auf der Terrasse, genoss den warmen Sommerabend, die lockeren Gespräche und das heimliche Kribbeln, gemixt mit dem Gefühl »Wenn ihr wüsstet ...«. Natürlich ahnte niemand, was ich vorhatte oder dass ich unter meiner Jeans Halterlose und einen Stringtanga trug. Als ich mich von der Feier verabschiedete, war ich gelöst, locker und beschwingt. Gerade richtig für meine Dreierpremiere.

»Apolls« Adresse war leicht zu finden. Als ich das Klingelschild an dem mehrstöckigen Gebäude entdeckt hatte, drehte ich mich noch einmal um. Nicht, um zu prüfen, ob mich jemand beobachtete, sondern um mich zu verabschieden. Von meinem alten Leben und der herkömmlichen Vorstellung, die besagte, dass Sex eine Angelegenheit zwischen zwei Menschen war. Dann erklomm ich todesmutig die Stufen. Ein groß gewachsener Dunkelhaariger begrüßte mich an der Tür, den Fotos zufolge war es »Merlin«. »Apoll«, etwas kleiner und kräftig, mit hübschem Mädchengesicht, reichte mir die Hand, bevor er in die Küche ging und mir einen Caipirinha mixte.

Währenddessen hatte ich Gelegenheit, mir die Wohnung anzusehen. Wie besoffen vor Lust, war ich auf diese Einladung eingegangen und hatte jegliche Vorsichtsmaßnahmen völlig außer Acht gelassen. Nun, diese Einrichtung war auf jeden Fall kein allzu schlimmer Fall von männlicher Geschmacksverirrung, sondern von Ikea. Es herrschte die solide Atmosphäre einer Wohnung vor, die an einem einzigen Wochenende eingerichtet worden war. Sitzensemble mit Tisch in der Küche, Sofa mit Couchtisch und Playstation im Wohnzimmer vor Flachbildschirm in Kinogröße. Doppelbett im Schlafzimmer, Schälchen mit Kondomen auf dem Nachttisch (und diverse Spielzeuge im Nachttisch, wie ich später feststellen sollte).

»Toll, dass du gekommen bist.« »Merlin«, der neben mir saß, musterte mich mit Kennerblick.

»Klar«, gab ich zurück. Um keinen Preis hätte ich mir es nehmen lassen, hier aufzutauchen. Als »Merlin« erzählte, dass pünktliches und zuverlässiges Erscheinen bei Dates keine Selbstverständlichkeit sei, machte sich in mir wieder das vertraute Zögern, das letzte »soll ich wirklich« breit, das sich immer kurz nach dem ersten Kennenlernen bemerkbar machte, dann, wenn meine Fantasie zur Realität geworden war. Siehst du, dachte ich mir still. Andere kommen erst gar nicht. Und du? Kannst es kaum erwarten.

Doch wie immer verdrängte ich die mahnenden Vorstöße meines Gewissens, die an Schienen gekettet vor mir lagen, und wie immer wurden sie von der Wucht meiner Abenteuerlust überrollt.

Zunächst saßen wir auf der Couch und quatschten uns warm. Die Jungs verfügten bereits über einen reichen Erfahrungsschatz und hatten zahlreiche Erlebnisse und Anekdoten parat. »Wir haben hauptsächlich Erfahrung mit Paaren«, erklärte »Merlin«. »Paare, bei denen der Mann gerne dabei zusieht, wie seine Frau von anderen Männern gefickt wird.«

»Cuckolds«, fügte »Apoll« hinzu. Ich nickte, nippte an meinem Caipirinha und stellte mir diese Konstellation kurz mit Paul vor, versah meine Fantasie allerdings schleunigst mit einem Zensurbalken. Alles in allem war ich erleichtert darüber, dass ich es hier trotz Jugend offenbar mit Profis zu tun hatte, die schon über eine gewisse Erfahrung verfügten.

»Meine Abenteuer waren bisher eher bescheiden«, gestand ich und gab eine kurze Zusammenfassung meiner bisherigen Erlebnisse, die so in komprimierter Form noch jämmerlicher wirkten. Die Jungs grinsten nur und nickten.

»Viele Männer haben zwar eine große Klappe, aber wenn es ans Machen geht, kriegen sie Schiss«, meinte »Merlin«.

Ich nickte zustimmend. »Das habe ich bereits festgestellt.« »Merlin« versuchte daraufhin, eine Lanze für seine Geschlechtsgenossen zu brechen. »Wir sind halt keine Fickroboter.«

»Dann verkauft euch auch nicht so«, gab ich unbarmherzig zurück.

»Frauen dagegen sind oft mutiger. Weißt du noch diese Babsi?«, wandte sich »Merlin« an »Apoll«. Der nickte. »Für die mussten wir noch einen dritten Typen besorgen. Sie wollte drei ... du weißt schon ...« Ich nickte und nippte an meiner Caipirinha. »Also wir drei hier auf dem Sofa, dann kam sie rein. Im Mantel. Nichts drunter.« Jetzt übernahm »Merlin«. »Sie zieht den Mantel aus und steht splitternackt da. Mitten im Wohnzimmer. Und dann ging's zur Sache.« Sie ließen mir einige Sekunden, um mir die Situation bildlich vor Augen zu rufen. Dann stellten sie ihre Gläser ab und rückten näher.

Zügig kamen sie jetzt zur Sache, wohl um mir zu beweisen, dass sie keine Mogelpackung waren. Mir wurde warm, aber nicht unbehaglich. »Apoll« streichelte mich von links, während »Merlin« sich von rechts näherte. Ich legte meine Beine auf »Merlins« Schoß, während »Apoll« mich küsste. Dann lag ich auf dem Schoß des einen, während der andere meine Jeans auszog. Ich blies den einen, während der andere meinen Slip herunterzog. Ich blies den anderen, während der Erste mich fickte. Muss ich erzählen, wie es weiterging?

Der Vorteil bei einem Dreier: Es gibt immer was zu tun. Immer ist ein Schwanz in greifbarer Nähe. Ein weiterer Vorteil: Ein Dreier ist gesellig. Es gibt keine unangenehme Pseudointimität wie bei einem Paar. Beim Dreier wird viel geredet und gelacht. War zumindest bei uns so. Außerdem kommt zwischen den Männern eine leichte Rivalität auf, und wer profitiert davon? Die lachende Dritte. Doppelt gemoppelt hält eben besser. Oder um es anders auszudrücken: Beim Sex neige ich seitdem zu einer gewissen Doppelmoral. Warum sich für einen Mann ausziehen, wenn man auch zwei haben kann?

Der Abend war insgesamt nicht nur ein gelungener *Two in one*, es war auch der Beginn einer wunderbaren Freundschaft, einer Dreiecksbeziehung, die schon fast aus einem französischen Schwarz-Weiß-Film hätte stammen können. Und wir hatten nicht nur zu dritt viel Spaß. Wir spalteten uns auch in Kleingruppen auf, denn mit beiden Männern verband mich eine unterschiedliche Leidenschaft.

Mit »Merlin« teilte ich eine Vorliebe für Ausflüge. Damit meine ich keine familienfreundlichen Ausflüge wie in den Park, Zoo oder ins Museum. Unsere Ziele waren Pornokinos, Outdoor-Treffpunkte und Parkplätze. Dabei erwies sich unsere Verbindung als klassische Win-win-Situation. Ich hatte einen schützenden Gefährten und trotzdem alle Freiheiten. Für ihn war die Begleitung einer Dame zu solchen Orten wie der Upgrade von Eco auf First Class. Vom Beobachter und Spanner wurde er aufgewertet zum Partner einer Dame – naturgemäß Mangelware in der Sexdatingszene und damit ständiges Objekt der Begierde. Außerdem liebte »Merlin« es, für mich Treffen mit anderen Männern zu arrangieren und dabei Regie zu führen. Doch dazu später.

Mit »Apoll« verband mich schlicht und ergreifend die Leidenschaft für seinen Schwanz. Er war der Typ Mann, der schlichtweg davon begeistert ist, wie Gott ihn geschaffen hat. Völlig zu Recht, wie ich fand. Er war Anfang 30, sportlich, kräftig und hatte die unerklärliche Attraktivität eines Menschen, dessen Herz vor langer Zeit gebrochen worden war. Sein bestes Stück war eine angenehme King Size, die Blasen zur absoluten Pflicht und einem großen Vergnügen machte. Es gab Penisse, vor denen ich mich allein beim Anblick schon ekelte. Doch dieser war glatt und fest, die Eichel war rosafarben und lud dazu ein, den Mund darüberzustülpen und ihr mit der Zunge sanfte Schläge zu verabreichen. »Apoll« hatte gegen dieses neue Hobby von mir nichts einzuwenden.

Von da ab war mein Terminkalender prall gefüllt mit Dates der unterschiedlichsten Art. Und ich war in jeder Hinsicht ausgelastet – sozial und körperlich. Zum ersten Mal seit langer Zeit war ich rundum zufrieden mit meinem Leben.

Eines Tages platzte Paul mitten in mein buntes Treiben. Er hatte einen Termin in meiner Stadt und nahm dies zum Anlass für einen Besuch. Mir war fast so, als hätte er etwas geahnt und wolle nach dem Rechten sehen.

Ich bot ihm nicht an, bei mir zu übernachten, aber wir trafen uns zu einem Abendessen, das erstaunlich locker und freundschaftlich ablief. Ich war derart beseelt von meinen neuen Möglichkeiten, dass mich die Vorstellung von seinen Studentinnen zum ersten Mal kaltließ. Wir plauderten freundschaftlich und ein paar Lidschläge lang war es so, als wäre zwischen uns alles beim Alten. Als hätten wir uns gestern getrennt, um unseren Alltagskram zu erledigen, und säßen nun beim täglichen Abendbrot. Das Thema Trennung oder gar Scheidung, wovor ich mich gefürchtet hatte, kam nicht zur Sprache. Auch nicht, wie wir weitermachen wollten. Ich war froh, dass ich mich einfach treiben lassen konnte, im Grunde war ich in Gedanken schon beim nächsten Date.

»Du strahlst so. Hast du eine neue Flamme?«, riss Paul mich beim Dessert aus meinen Gedanken. Ich errötete. Eine Flamme?, dachte ich und unterdrückte ein Grinsen. Wenn der wüsste. Dann strich ich eine Strähne hinters Ohr und nickte nach indischem Vorbild in verschiedene Richtungen. Das hatte er verdient.

»Und du?«, fragte ich betont nüchtern, um weiteren Nachfragen seinerseits vorzubeugen. Keine Ahnung, was in mich gefahren war. Irgendwie fühlte ich mich unverwundbar. Auch er gab mir nur ein vieldeutiges Lächeln zurück, das ich interpretierte als ein »Ich will dir nicht wehtun, aber ja«. Anders als erwartet, tat es nun allerdings doch weh. Und zwar ganz gehörig. Im Bemühen, mir nichts anmerken zu lassen, zerkrümelte ich die Reste meines Baguettestücks und starrte auf das Tischtuch. Meine Augen schmerzten, als wollten sie Blut heulen. Selbst schuld, du Trottelline, wies ich mich zurecht. Was fragst du auch so blöd nach.

Sobald Paul im Taxi saß, griff ich zum Telefon und rief »Merlin« an. Wir verabredeten uns für den nächsten Tag. Ich brauchte unbedingt Ablenkung. Hardcore. Was bot sich da Besseres an als ein Besuch im Swingerclub?

Zieh!mich!aus!
Satin, Spitze und andere Reizstoffe

Der Besuch eines Swingerclubs stellte mich zunächst wieder einmal vor die Frage: Was zieht man an, bevor man sich auszieht? Trotz meiner neuen Aktivitäten war die Ausstattung an sexy Lingerie, die ich besaß, eher dürftig. Mein Kleiderschrank beheimatete überwiegend strapazierfähige Baumwolle mit der Absichtserklärung »warm halten«. Nicht heiß machen. Hier und da zeugte ein Hauch von neckischer Spitze von gut gemeinten Vorstößen, mein eheliches Sexleben aufzupolieren. Doch es war nichts dabei, was so scharf war, dass es den Männern beim bloßen Anblick die Netzhaut versengte. Und das wenige, das ich besaß, wies durch die Strapazen meiner bisherigen Dates erhebliche Gebrauchsspuren auf.

In meinem bisherigen Leben hatte ich Reizwäsche als überflüssigen Verpackungsmüll betrachtet. Doch allmählich begann ich, die Vorzüge dieser Aphrodisiaka zum Anziehen zu schätzen. Erstens ließen sich damit hervorragend kleine körperliche Mängel wegmogeln, so trug ich später stets Strümpfe oder Halterlose, um makellose Beine vorzutäuschen. Außerdem hatte ich entdeckt, dass diese feinstofflichen Stimmungsmacher bereits beim Ankleiden ihre Wirkung entfalten. Als Vorspiel vor dem Vorspiel sozusagen. Das Überstreifen der Stockings, das Einhaken der Ösen beim BH oder Korsett, das Sortieren der Strapse. Es ist ein Ritual, um sich einzustimmen.

Weiterer Vorteil: Reizwäsche übt eine nicht zu unterschätzende Signalwirkung auf den Mann aus. Es ist die schmeichelnde Botschaft: Sieh her, extra für dich habe ich mich verpackt. Weil du es mir wert bist. Reizwäsche ist, so gesehen, das Gegenteil einer Reiserücktrittsversicherung. Sie ist irgendwie eine Absichtserklärung der Trägerin, nicht im letzten Moment einen Rückzieher zu machen. Die Erklärung, warum Männer diese besondere Art von Verpackung so mögen, erscheint mir einfach: Hier wird endlich einmal das Mysterium Frau in übersichtliche, leicht zu konsumierende Portionen verpackt. Der Mann reagiert auf dieses Entgegenkommen mit verlässlicher Lustausschüttung. Es lohnt sich also unbedingt, in Reize zu investieren – aber bitte, bitte in einem guten Fachgeschäft.

Für intime Momente kleidet man sich weder im Kaufhaus ein noch im Sexshop. Kaufhäuser bemühen sich zwar redlich um ein Angebot, das »sexy und verführerisch« vortäuscht. Doch egal, wo man sucht, früher oder später landet man eben doch wie zufällig immer wieder zwischen Ständern voller hautfarbener Mieder und Büstenhalter in Einkaufstütengröße. Lingerie im Kaufhaus zu kaufen ist, als würde man seine Oma bitten, einen beim Aussuchen von Stringtangas zu beraten.

Sexshops sind als Option genauso unattraktiv. Erstens hat sich deren Angebot seit Erfindung des Ganzkörperfischnetzes und des Slip ouvert um keinen Schritt weiterentwickelt. Zweitens sind die aus 100 Prozent Plastik hergestellten Kollektionen derart einfallslos auf Männerbedürfnisse ausgerichtet, dass man sich als Frau darin fühlt wie ein Ochse, der am Nasenring vorgeführt wird.

Meiner Meinung nach sollte man Intimbekleidung ausschließlich in eigens auf extravagante Verpackung weiblicher Körperteile spezialisierten Fachgeschäften kaufen. Hier wird die Frau zur Königin, die sich nicht für Männer sexy verhüllt, sondern in erster Linie für sich selbst. Lingerie ist die verschwenderischste Art, nahezu nackt zu sein, und immer mehr Modedesigner lassen sich eine Menge einfallen, um Frauen dazu zu bewegen, ein Vermögen für ein hauchdünnes Nichts auszugeben. Allein die Namen der Designer sind schon ein Versprechen und fühlen sich einfach besser auf der Haut an als die von diversen Sexshops.

Also ging ich an diesem Nachmittag erst einmal shoppen. Ich hatte in der Stadt ein gut sortiertes Geschäft ausfindig gemacht, das die Marken bot, die um die höchsten Preise pro 100 Gramm Stoff konkurrieren. Als ich den Laden betrat, war ich überwältigt. Verführungskunst zum Schnüren bis an die Decke. Bestimmt gab es nirgendwo ein besser sortiertes Arsenal an Waffen, die nur Frauen tragen können. Hauchdünnes, süßes Nichts aus Tüll und Spitze, schmeichelndes Satinzeug mit Rüschen oder strenges Latex- und Lederzeug, das direkt von der Stange weg befiehlt: Zieh!mich!an! Durchsichtige Negligés im Stil von Irma la Douce oder Festanliegendes, das durch strategische Öffnungen den Blick gezielt lenkt.

Bei der Wahl des feinstofflichen Stimmungsmachers für den Abend war allein die Auswahl die reinste Qual. Ein Ensemble von Marlies Dekkers? Die bezaubernde Korsage von Aubade oder das unschlagbare Negligé von einer Designerin mit dem unaussprechlichen skandinavischen Namen?

»Kann ich helfen?« Die Inhaberin des Ladens war eine herbe Schwarzhaarige mit kurzem Schnitt, bei der man sofort jede Hemmung fallen ließ.

»Ich gehe auf eine ... Party und suche etwas Passendes«, antwortete ich also frisch von der Leber weg. Die Dame musterte mich von oben bis unten.

»Bestimmtes Motto? Latex, Leder oder Burlesque?«

Schon wieder das mit den Vorlieben. Ich zuckte mit den Schultern. In Sachen erotische Dresscodes war ich eine völlige

Novizin. Weder wusste ich, zu welchen Gelegenheiten man geöltes Latex trug, noch, welches Signal man mit einem Lederhalsband setzte.

»Burlesque«, murmelte ich schließlich verschämt. Das war die einzige Stilrichtung, die ich irgendwie einordnen konnte. Die Verkäuferin nahm mit geübtem Griff ein paar Ensembles von der Stange und schickte mich damit in die Kabine. Kaum hatte ich mich in die erste Spitzenkorsage gewunden, wurde der Vorhang zurückgerissen und ich musste mich den prüfenden Blicken der Schwarzhaarigen stellen.

Sie zupfte hier und da und brachte meine Möpse in Position. »Die Größe passt ... aber warten Sie mal«, murmelte sie und verschwand. Nun hatte ich die Gelegenheit, mich selbst in dem goldgefassten Spiegel zu betrachten. Vielleicht war dieser Stil doch nicht so geeignet für mich. Bei Dita von Teese oder von mir aus Christina Aguilera mochte dieser Spitzenoverkill cool wirken. Ich dagegen sah in dieser Aufmachung aus wie Marilyn Monroes verdorbene Stiefschwester.

Ähnliche Gedanken musste auch die Verkäuferin gehabt haben, denn nach kurzer Zeit wurde der Vorhang wieder aufgerissen und eine Hand reichte mir ein Bündel Schnüre, das sich beim Hineinschlüpfen als atemberaubender Body entpuppte, der bei meiner Figur das highlightete, was zu highlighten war.

»Und?« Die Verkäuferin überzeugte sich mit einem Blick vom Ergebnis.

»Top«, kommentierte sie dann, ohne meine Antwort abzuwarten. »Das steht Ihnen viel besser.«

Ich nickte, drehte mich aber trotzdem kritisch vor dem Spiegel. Die Strumpfhalter hingen traurig an meinen kräftigen Schenkeln herab.

»Meine Beine«, murmelte ich selbstvergessen.

Auch hier wusste die Schwarzhaarige prompten Rat und kehrte gleich darauf wieder mit einem Paar schwarzer Strümpfe zurück.

»Davon habe ich genügend«, wehrte ich ab.

»Nicht davon«, raunte sie vielsagend, »die sind ganz neu: Halterlose mit Stützfunktion. Die formen das Bein ganz unauffällig.« Das Angebot klang verlockend. Ich streifte die Wunderdinger über und wollte sie gar nicht mehr ausziehen. Mein Bein wurde sozusagen im Instantverfahren um mindestens zwei Größen verschlankt. Nach oben hin wurde der Strumpf jedoch weiter, sodass der Restoberschenkel nicht wie der Teig aus einer Muffinform überquoll, sondern sich in natürlicher Formung auf meine Hüften zubewegte. Ich war beeindruckt. Nun konnte ich Sex haben und gleichzeitig Lymphstauungen therapieren.

Das ist ein enormer Vorteil von Reizwäsche: Man kann mit gezielten optischen Ablenkungsmanövern Problemzonen kaschieren und Vorzüge betonen. Extrabreite Strumpfgürtel sind sexy und zugleich Figur formend. Wohlstandsröllchen können entweder durch ausgestellte Babydolls im Stil der 50er-Jahre verschleiert oder mithilfe von Schnürkorsetts und Anwendung von roher Gewalt einfach weggezwängt werden. Hebebühnen für Brüste in Zentnergröße hieven das erschlaffte Material zurück an Ort und Stelle. Nicht, dass ich irgendeines von diesen Hilfsmitteln je benötigt hätte ...

»Perfekt«, strahlte ich die Bedienung an. Am liebsten hätte ich das Outfit gleich anbehalten, was allerdings wenig zweckmäßig war. Außerdem musste ich ja noch die vielen anderen Teile anprobieren, die mir die Schwarzhaarige reichte. Und die alle so perfekt saßen, dass ich mich nie wieder davon trennen wollte. Alsbald hatte ich eine hübsche Kollektion ausgewählt, die zumindest optisch im Bett zukünftig jede Menge Abwechslung versprach.

»Ich nehme alles«, rief ich der Verkäuferin zu und deutete auf den zurückgelassenen Haufen in der Kabine. Während sie die Schnüre und Bänder entwirrte, begutachtete ich das Sortiment im Spielzeugregal. Erstaunlich, was man heutzutage für die Lustkraftverstärkung alles tun konnte. Mein Blick glitt über die »frauenfreundliche« Dildokollektion, Lustkugeln, Klitorispumpen, Wupp, die Turboraupe, und den berühmten Dildo im Delfinformat (ein Frevel an den freundlichen Meeressäugern). Besonders fasziniert war ich von einem schwarzen Vibrator, der wie ein Schaltknüppel geformt war. Oben etwas dicker, nach unten schlanker. Es fehlte nur das Schaubildchen mit den verzeichneten Gängen.

»Nehmen Sie ihn ruhig mal in die Hand«, meinte die Schwarzhaarige, die mich beobachtet hatte. Ich zuckte zusammen und fühlte mich ertappt.

»Fördern Sie damit die Automobilzulieferer-Industrie?«, fragte ich spöttisch. Dieses Ding würde ich bestimmt nicht anfassen.

Die Verkäuferin trat ans Regal. »Er ist wie ein Schwanz mit großer Eichel, extra dafür konzipiert, den G-Spot zu stimulieren.«

»Aha«, konnte ich gerade noch sagen, bevor mir das Ding in die Hand gedrückt wurde. Da behielt ich es genau eine Sekunde, bis ich es wieder ins Regal zurückstellte. Ich schwöre, bis heute kann ich keinen Schaltknüppel mehr unvoreingenommen anfassen! Um weitere Warentests zu vermeiden, trat ich an die Kasse. Ich zahlte und verließ den Laden mit einer Tüte, die so prall gefüllt war, als hätte ich eine Kollektion Winterdaunenmäntel gekauft. Doch ich bereute nichts. Nun konnte ich mir sicher sein, dass ich immer etwas Passendes im Haus hatte, falls einmal überraschend Besuch kam.

Swingerclub. Wo gevögelt wird, da lass dich nieder …

Am Abend holte »Merlin« mich ab. Er kannte den Club bereits und steuerte zielsicher erst über die Landstraße, dann durch einen gottverlassenen Vorort, schließlich durch einen Wald. Als ich schon glaubte, fernab jeder Zivilisation zu sein, kamen wir an.

Der Swingerclub ist ein Ort, an dem man im relativ geschützten Rahmen Geschlechtsverkehr mit Fremden haben kann. In unserem Fall war der geschützte Rahmen eine kleine Villa, die von außen vielversprechend aussah. Der Inhaber empfing uns wie gute Freunde. Nachdem wir in der Ankleide unsere Tageskleidung gegen die Nahkampfausrüstung getauscht hatten, mischten wir uns unters Volk. Das gesamte Haus war zu einer Bumsburg umfunktioniert. Im Erdgeschoss befand sich der Empfangssalon, in dem Butler gefüllte Sektflöten herumreichten. Hier konnte man schon Ausschau nach möglichen Paarungspartnern halten. Ich erblickte einige Adonisse mit um die Hüften geschlungenen Saunatüchern, die meisten Frauen waren in die übliche Versandhausunterwäsche verpackt.

Das Uniformhafte der Ausstattung wurde noch zusätzlich dadurch unterstrichen, dass sie grundsätzlich zwei Nummern zu klein gekauft worden war und die Trägerin seit dem Kauf mindestens eine Größe zugenommen haben musste. An manchen Stellen saßen die Wäscheteile derart eng, dass ich mich fragte, ob es sich hier um raffinierte Amputationstechniken handelte. Mit meinem Schnürbody fiel ich auf wie ein Koi im Heringsschwarm und zog alle Blicke auf mich.

»Du bist neu hier, das fällt auf«, ließ mich »Merlin« wissen. Ach, so ist das, dachte ich wenig geschmeichelt. Es ist gar nicht mein Aussehen, das die Blicke auf sich zieht, sondern allein die Tatsache, dass sich mit meiner Person 65 Kilogramm Frischfleisch im Raum befinden. Nun, wie auch immer. Dem einen oder anderen musste es doch auffallen, dass dieses Frischfleisch in etwas Hochwertigeres verpackt war als Cellophan.

Alsbald bewegten wir uns in den Nachbarraum, ein Lustschutzgebiet der Matratzenspielwiesen, auf der sich schon eine beachtliche Menschenansammlung befand. »Merlin« trat hinter mich und fuhr mit der Hand in mein Höschen. Eine Geste, die mich normalerweise anstachelte, doch diesmal brauchte ich – ganz gegen meine sonstige Gewohnheit – etwas Anlaufzeit. Das fleischfarbene Spektakel mit den gekonnten Sounddarbietungen übte noch geringe Anziehungskraft auf mich aus. Also zogen wir weiter und betraten den Darkroom, eine im Do-it-yourself-Verfahren gebaute Hütte. In der völligen Schwärze fühlte ich plötzlich da Hände, wo vorher fremde Augen geruht hatten. Derart isoliert eingesetzt, vermochten auch hier meine Sinne nicht, mich in Stimmung zu bringen.

Wir versuchten es weiter im Pornoraum. Pornos funktionierten bei mir eigentlich immer. Die Vorführung fremder Kopulation auf Leinwand oder Bildschirm hat auf mich stets eine höchst ansteckende Wirkung. Aber selbst die ausgesucht geilen Szenen – zwei Frauen, die sich gegenseitig geriffelte Glasdildos einführten – verpufften heute bei mir ergebnislos. Anders ging es »Merlin«, den es nun dringend nach Erleichterung drängte. Ich ließ ihn daher ziehen und gab mich weiterhin den Bildern des Ästhetikpornos hin. Doch ich blieb nicht lange allein. Im Nu hatten sich zwei freie Oberkörper rechts und links von mir platziert.

»Mein Freund ist zum ersten Mal hier«, eröffnete der eine von ihnen das Gespräch. Mist, dachte ich. Als Swingernovizin hatte ich nicht unbedingt Lust, mich mit der Einführung von weiteren Anfängern aufzuhalten.

»Ich auch«, gab ich zurück, in der Hoffnung, dass dies hinreichend erklärte, warum wir keinesfalls gemeinsam auf der Matratze landen konnten. Doch ich erreichte genau das Gegenteil.

»Dann lass uns gehen.« Er deutete mit gierigem Blick, der mich ein klitzekleines bisschen anmachte, auf die Matratze im Nebenzimmer.

»Aber nur du«, gab ich zurück. In der Anfängersache blieb ich hart.

Mein Gegenüber jedoch ebenso, wie ich zu meiner Überraschung bemerkte. »Nicht ohne meinen Freund«, sagte er entschieden und meinte damit ausnahmsweise nicht seine unter dem Handtuch sichtbare Beule.

»Dann eben nicht«, erwiderte ich und rauschte hinaus, so schnell es meine hochhackigen Silbersandalen zuließen.

Im Nebenraum war die Matratze dicht bevölkert. Trotz des gnädig gedimmten Lichtes konnte ich deutlich den Männerüberschuss erkennen. Sehnsuchtsvolle Blicke gaben mir zu verstehen, dass ich mich hier niederlassen sollte. Wo gevögelt wird, da lass dich nieder, böse Menschen kennen keine Mieder, sinnierte ich spöttisch. Und warf mich schließlich entschlossen ins Gemenge. Im Nu bildete sich eine Art Gasse, damit ich mich in Ruhe ausbreiten konnte. Jeder der sich in Reichweite befindlichen Männer sicherte sich einen Platz an meiner Haut. Natürlich nicht, ohne sich vorher ganz brav eine Einverständniserklärung bei mir abzuholen.

Der Gedanke, so im Mittelpunkt der Aufmerksamkeit zu stehen, hatte mich in der Theorie unglaublich erregt. In der

Praxis funktionierte das aber nicht so. Es war wie mit einer weiten Reise. Mein Körper war schon auf der Matratze angekommen, aber meine Seele noch nicht. Um mich herum knisterte die Versandhausreizwäsche in statischer Aufladung. Aber der Funke sprang auf mich nicht über. Vielleicht war Sex dann, wenn er immer und überall verfügbar war, eben nicht mehr aufregend. Vielleicht brauchte ich das Verbotene, den Tabubruch. Vielleicht war aber auch ganz einfach Alkohol die Lösung. Also erhob ich mich unter dem enttäuschten Raunen der mich umgebenden Herrengruppe, durchquerte einen Raum mit Gyn-Stühlen und einen Themenraum »Herr der Ringe« und fand dann eine Bar. Dort standen einige, die bereits ihr erstes Pulver verschossen hatten, um sich zu stärken und aufzutanken für die nächste Runde. Gereicht wurden Eiweißshakes und der im Preis enthaltene Rumpunsch. Ich kam mit einem Kerl in Lackweste ins Gespräch, sein Outfit erinnerte mich entfernt an eine Schwulenband der 80er-Jahre. Er besorgte mir ein gefülltes Glas und fragte in vertraulichem Unterton: »Na, schon aktiv gewesen?«

Auf mein Kopfschütteln hin nickte er mir beschwichtigend zu. »Keiner erwartet hier von einer Frau, dass sie schon beim ersten Mal aktiv ist. Alles kann ...«

»... nichts muss, ich weiß«, ergänzte ich. Grundgütiger. Musste denn hier jeder auf dieser Vereinssatzung herumrammeln. Vielleicht war ja gerade das das Problem. Keiner erwartete etwas von mir in dieser Stätte der Toleranz. Ich allerdings funktioniere am besten unter Druck. Schon im Studium war das so. Meine Hausarbeiten schrieb ich grundsätzlich in der Nacht vor dem Abgabefinale, meine Präsentationen wurden immer erst zu Beginn des Termins fertig und auch in meiner Ehe war ich schließlich erst dann aktiv geworden, als Paul mich massiv unter Druck gesetzt hatte. So versuchte ich nun, diese Art Druck bei mir selbst aufzubauen. Ich wollte das Etablissement auf keinen Fall ungebumst verlassen.

Unruhig durchforstete ich den Raum nach einem geeigneten Opfer. Die Lackweste neben mir sollte es auf jeden Fall nicht werden. Ich wollte gar nicht wissen, in welchem Zustand sich die Haut unter dem luftdichten Material befand. Er jedoch ergriff seine letzte Gesprächschance, beugte sich zu mir herüber und raunte: »Siehst du den Mann da drüben in der Ecke?«

An der Bar saß ein Dickwanst mit freiem, haarlosem Oberkörper. »Das ist Hugo, der hat seine Sklavinnen mitgebracht«, klärte mich mein Nachbar auf. Ich erinnerte mich dunkel an zwei Mädchen, die er mit sich geführt hatte.

»Und wo sind die jetzt?«, fragte ich.

»Sicher drüben auf der Matratze …«, mutmaßte mein Gesprächspartner mit unternehmungslüsterner Miene. »Hugo gibt ihnen genau vor, wie lange und wie viele Männer sie befriedigen müssen.« Nun wurde mir klar, womit »Merlin« sich gerade amüsierte. Mit Sklavenarbeit. Ich kam nicht weiter dazu, mich zu entrüsten, denn ein Angestellter des Hauses erhob das Wort und forderte die Gäste auf, einer Vorführung beizuwohnen.

Willig begab sich die Swingermeute daraufhin in den Discoraum, der sich allein dadurch auszeichnete, dass es ein großes DJ-Pult gab und eine Stange in der Mitte des Raumes. An jener Stange wand sich bereits die nackte Sklavin. Den Bewegungen nach zu urteilen, versuchte sie zu tanzen. Allerdings war sie dafür so unbegabt, dass es geradezu ein Akt der Menschlichkeit gewesen wäre, sie einfach zurück auf die Matratze zu schicken, um sie dort ihren Dienst weiter vollziehen zu lassen. Selbst die umstehenden Männer konnten sich für das unerotische Gehampel nicht begeistern. Immer wieder musste das

Mädchen sein Publikum geradezu animieren, ihr auf den Hintern zu klatschen. Allerdings mit mäßigem Erfolg. Schließlich nahm sie selbst eine Hand aus dem Publikum und schlug sich damit auf den Po.

Während ich das Ende der unrühmlichen Veranstaltung abwartete, blickte ich mich in der Runde um. Meine Augen trafen auf ein schwarz glühendes Augenpaar, an dem ich mich unfreiwillig festsaugte. Die Augen gehörten einer üppigen Schwarzhaarigen mit Brustpiercing und schwarzer Perlenkette. Immer wieder tauschten wir verstohlene Blicke und warteten auf die Erlösung. Doch das Ende der Veranstaltung war noch nicht gekommen. Der Clubbetreiber trieb uns nun in den Nebenraum, wo die Vorstellung fortgesetzt wurde. Hugo himself wollte dort seine andere Sklavin »vorführen«. Nur widerwillig folgte ich dem Gruppenzwang. Hatten wir hier für unsere Geschlechtsteile vielleicht eine Pauschalreise gebucht? Aber *all inclusive* bedeutete offenbar, dass man alles mitansehen musste, was geboten wurde. Die Schwarzhaarige und ihr Begleiter hatten sich dicht neben mich gedrängt. Ich spürte die Hitze ihrer Haut und den dezenten Duft von Deo und Rasierwasser. Interessiert betrachteten die beiden abwechselnd mich und das Geschehen auf der Matratze. Hugo hatte sein Mädchen in Augenhöhe der Zuschauer positioniert, wo sie ihn mit gespreizten Beinen erwartete. Nacheinander drang er in alle Löcher ein. Die Choreografie hierzu hatte er sich aus einschlägigen Pornofilmen abgeschaut. Du lieber Himmel, dieser Mensch fickte, als würde er ein auswendig gelerntes Gedicht aufsagen. Von einem Sklavenhalter hätte ich eigentlich mehr Fantasie erwartet. Das Sklavenmädchen schien jedoch zufrieden, denn sie stöhnte gehorsam im Rhythmus, den ihr Herr ihr vorgab.

Wieder tauschten die Schwarzhaarige und ich ein Grinsen, dann beugte sie sich zu mir: »Hat der Kerl einen Schwanz aus

Gold oder warum macht die das mit?« Ich grinste und schaute mich in der Menge um. Im Gegensatz zu der Tanzeinlage kam diese Vorstellung beim Publikum hervorragend an, denn es wurde gewichst, als ginge es um die Wette.

Inzwischen war auch »Merlin« wieder aufgetaucht und musterte die Schwarzhaarige neugierig. Wir tauschten Blicke des Einverständnisses und zogen uns zu viert in den Darkroom zurück. Wegen der Vorstellung konnten wir davon ausgehen, dass wir hier eine Weile ungestört sein würden. Die Lichtverhältnisse im Raum ließen gerade noch die Konturen unserer Begleiter erkennen. Wir sahen zunächst dem Paar beim Sex zu, und während ich ihre Brüste und das dazugehörige Piercing befummelte, kam ich tatsächlich ein wenig in Stimmung. Oder war es nur ein solidarischer Erregungszustand, der mich erfasste? Jedenfalls schien meine Seele nun auf der Matratze angekommen. »Merlin« und ich taten es nun dem Paar gleich. Durch den Parallelfick entstand eine Wettbewerbssituation, ein unausgesprochenes Rennen, das »Merlin« mit entscheidendem Vorsprung gewann. Das Paar brach darauf seinen Koitus ab und ich bat die Schwarzhaarige, mir ihren Mann auszuleihen. Ihr Begleiter bestieg mich unter ihren Anweisungen und lieferte mir einige Minuten lang bundesdeutschen Durchschnittssex, bevor er sich in sein Kondom ergoss. Zum Abschluss tranken wir zusammen noch einen Rumpunsch an der Bar, scherzten und tauschten die Art Blicke, die man nur tauschen kann, wenn man gerade noch gemeinsam auf der Matratze gelegen hat. Dann vereinbarten wir, uns am selben Ort wiederzutreffen.

Ich bin zu diesem Tatort allerdings nicht mehr zurückgekehrt. In Sachen Swingerclub kann ich nun zwar sagen: *been there, done that, bought a T-Shirt*. Aber es war definitiv kein T-Shirt, das man mit breiter Brust trägt, sondern eher die Art

T-Shirt, das lange in der Schublade liegt, zweimal als Verlegenheitslösung zum Schlafen dient und dann im Schuhputzschrank endet. Bumsen im Swingerclub ist in etwa so aufregend wie der Sonntagsfilm im ZDF. »Merlin« sah das anders, er war an Fortsetzungen mit dem Paar durchaus interessiert und schmiedete Pläne, während ich müde und schweigend die schwarze Landschaft draußen vorbeiziehen ließ.

Zu Hause war ich dann wieder hellwach und von einer seltsamen Unruhe ergriffen. Ich wollte das erleben, was ich an diesem Abend verpasst zu haben glaubte. Den ultimativen, mich nachhaltig zufriedenstellenden Kick. So surfte ich auf meiner Seite umher, bis ich in »Dons« virtuelle Arme lief. Ohne lange Umschweife schilderte ich ihm meine Erlebnisse.

»Welcome to the Club«, lautete sein hämischer Kommentar.

»Wohl kaum.«

»Nicht gut?«

»Bisschen wie öffentlich-rechtliches Fernsehen.«

»Alles kann, nichts muss!«

»Doch! Alles muss!«

Insgeheim vermutete ich, dass mein Drang nach mehr weniger mit dem Club zu tun hatte als mit Paul. Für irgendetwas musste der ganze Aufwand doch gut sein. Außerdem nagten unser Treffen und seine Andeutungen mehr an mir, als ich wahrhaben wollte. Und durfte. Schließlich hatten wir eine Vereinbarung. Die war zwar ohne mich getroffen worden, dennoch hatte ich mich in gewisser Weise darauf eingelassen. Insgeheim hatte ich jedoch die Hoffnung gehegt, dass meine Auswanderung ins Exil ihn zur Ordnung rufen würde. Dass uns der Abstand näher zusammenbringen würde. Aber danach sah es leider nicht aus. Und das machte mich nicht gerade zufrieden.

Viagra, Potenzförderung mit Risiken und Nebenwirkungen

Mein Freund Basil besuchte mich übers Wochenende und tat all das, was gute Freunde tun, wenn es einem schlecht geht. Mich zum Essen einladen mit viel Wein, sich anschließend bei vielen Cocktails an der Bar auch noch die 15. Version meiner Geschichte anhören und trotzdem etwas Kluges dazu sagen, meinen Kopf über der Kloschüssel festhalten, als ich später die Cocktails wieder von mir geben musste, und am nächsten Morgen den Kater mit viel Kaffee herunterkühlen. Und die 16. Version der Geschichte anhören. Muss ich erwähnen, dass mein bester Freund schwul ist?

Bevor er sich am Sonntagmittag wieder auf die Autobahn klemmte, machte er mir noch ein Abschiedsgeschenk, das mich von meiner Misere ablenken sollte. Er drückte mir ein kleines quadratisches Päckchen in die Hand, das aussah wie eine Kondompackung.

»Was ist das«, fragte ich, nachdem ich darin kein Kondom ertastet hatte, sondern ein eigenartiges Gel.

»Die indische Kopie von Viagra«, meinte er. Ich nickte. Die Mutter aller Potenzmittel war mir ein Begriff. Das hier hieß aber anders: Kamagra. Wahrscheinlich eine Referenz an das so bekannte Kamasutra. Basil erklärte mir, dass dieses Mittel in der Schwulenszene populär sei, in der es bekanntlich keine Erektion gibt, die man nicht noch verbessern könnte. »Härter, länger, geiler ... und das schon nach 20 Minuten.« So oder ähnlich könnte der Slogan lauten, sollte man Werbung für dieses Produkt machen wollen, was jedoch kaum notwendig war, denn es verkaufte sich exzellent über Mund-zu-Schwanz-Propaganda.

»Gönn dir mal einen Kerl auf diesem Zeug und du willst nichts anderes mehr«, empfahl Basil augenzwinkernd. Er wusste natürlich von meiner sexuellen Hyperaktivität und begrüßte dies als sehr erfreuliche Entwicklung. »Es ist ein Gel. Zum Einnehmen, nicht zum Einreiben«, erklärte er vorsorglich.

»Er oder ich?«, fragte ich sicherheitshalber nach.

»Er, meine Liebe. Du hast mehr davon, glaub mir. Oder ihr macht halbe-halbe.« Und dann erläuterte mir Basil, dass der Wirkstoff seine Wirkung auch bei Frauen entfalten kann. »Deine Lippen können anschwellen.« Ich formte einen Kussmund. »Nicht die«, fuhr Basil fort, »außerdem kann deine Klitoris anschwellen.« Nun wurde ich hellhörig.

»Mir wächst ein Penis?«

»Nein«, er verdrehte die Augen, »sie wird besser durchblutet und kann dadurch anschwellen und sensibler werden. Dieser ganze Bereich«, er beschrieb einen diffusen Bogen um meinen Unterleib, »wird intensiver durchblutet und du wirst geiler. Kann sein. Muss aber nicht.«

Ich seufzte. Schon wieder dieser Swingerspruch. Nun denn, ich war absolut bereit auszutesten, wie weit das Mittel bei mir funktionierte. Was den Schwulen recht war, konnte mir nur billig sein. Wenigstens hatte dieses Kamagra im Gegensatz zu Viagra nicht den ideologischen Ballast als Letzte Ölung von Senioren mit Thailandaffinität und Hugh-Hefner-Appeal.

Ich schickte Basil auf die Autobahn und machte mich auf die Suche nach einem geeigneten Kandidaten für mein selbst verschriebenes Potenzförderprogramm.

Für die »Operation Steife Brise« wählte ich »Apoll« als Testperson aus. Nicht, dass er etwaige Nachhilfe benötigt hätte.

Aber mit ihm konnte ich gegebenenfalls auch ohne Wirkung des Mittels bis zum Morgengrauen durchvögeln. Und sollte es nur bei ihm wirken, aber nicht bei mir, war ich trotzdem imstande, die Konsequenzen zu tragen.

»Apoll« war von der Idee begeistert. Also verabredeten wir uns für einen Samstagnachmittag. So konnten wir in Ruhe die Wirkung des Mittels abwarten. Bis zum Beginn der Arbeitswoche hatte sich das Zeug dann hoffentlich wieder aus unserem Stoffwechsel verabschiedet. Vor allem »Apoll« wollte unter allen Umständen vermeiden, am Montagmorgen mit einem Brikett in der Anzughose an seinem Arbeitsplatz zu erscheinen.

Wir teilten das Gelee, Geschmacksrichtung Butter Cookie, brüderlich auf und gingen dann ein Eis essen, um uns die 20 Minuten, bis es wirkte, zu vertreiben. Es war einer dieser heißen, trägen Nachmittage, an denen die Menschen ziellos an den Läden vorbeibummeln. Die Einzigen, die ein Ziel vor Augen hatten, schienen wir zu sein, die wir im Eiscafé saßen und auf die Wirkung eines potenzfördernden Mittels warteten. Während ich gerade versonnen an meiner Vanille-Erdbeer-Mischung leckte, schoss mir auf einmal eine Röte in die Wangen, als hätte ich einen doppelten Cognac geschluckt. Ein Blick auf »Apoll« verriet: Auch bei ihm begann der Wirkstoff zu zirkulieren und seinen Dienst am Körper zu tun. Als Nächstes spürte ich eine Wallung im Unterleib und auch »Apoll« drängte nun zum Aufbruch.

»Hast du einen Ständer?«, fragte ich neugierig, als wir die Straße entlanghasteten. Ein Blick auf seine Hose offenbarte keine Beule.

»Nee, bin einfach nur geil«, gab er knapp zurück. Die Blicke der vorübergehenden Passanten verrieten, dass wir unser Gespräch eine Spur zu laut geführt hatten.

Als wir in »Apolls« Schlafzimmer angekommen waren, brauchte es nur noch wenig Stimulation meinerseits – die Wirkung war überwältigend. Noch nie hatte ich mit so wenig Aufwand einen so großen Effekt erzielt!

»Apoll« wurde schon vom Anschauen hart. Möglicherweise war es aber auch Energieübertragung, denn mein Unterleib glühte wie ein Hochofen. Wir kamen mit entsprechender Eile zum Vollzug und »Apoll« steuerte in Formel-1-Geschwindigkeit auf den Höhepunkt zu.

»Ich komme, ich komme«, murmelte er in Endlosschleife. Aber er kam nicht. Denn es gibt eine wohltuende Auswirkung dieser künstlichen Potenzförderung: Die Wirkung wird beschleunigt, der Höhepunkt aber herausgezögert. »Länger, härter, öfter«, formulierte ich in Gedanken den zweiten Werbeslogan. Das öfter galt übrigens für mich. Mir schien, als öffneten sich in meinem Körper völlig neue Nervenbahnen, sodass jede Berührung doppelt intensiv ankam. Auch nachdem »Apoll« den Höhepunkt erklommen hatte, war der Spaß für uns noch lange nicht vorbei. Denn Kamagra verkürzte auch die Erholungszeit. Unsere Performance an diesem Nachmittag, Abend und Nacht hätte dem Duracell-Hasen alle Ehre gemacht, und ich kann über diese potenzfördernde Substanz das befriedigende Testurteil abgeben: Bei Kamagra ist geteilte Freude mehr als doppelte Freude.

Übrigens sah ich nach diesem erotischen Dauerlauf noch besser aus als sonst nach dem Sex. Das Mittel war offenbar nicht nur gut für den Unterleib, sondern auch für den Teint. Lippen und Wangen waren perfekt durchblutet, allerdings auch die Nasenschleimhäute, weshalb meine Nase etwas verstopft war. Das ist übrigens eine Nebenwirkung, die den heimlichen Benutzer von potenzfördernden Substanzen entlarvt. Achten Sie mal darauf!

Bis Montagmorgen gehorchten unsere Körper dann wieder den ganz gewöhnlichen Naturgesetzen und es blieb nichts übrig außer der Erinnerung an eine verfickt gute Zeit.

Das verlangte natürlich nach Nachschub, und in den folgenden Tagen recherchierte ich nach Möglichkeiten, mehr von diesem Stoff zu bekommen, der ja in Deutschland nicht rezeptfrei erhältlich ist. Das Internet half mir weiter. Englische und niederländische Hersteller bieten alles, was der Sympathikus begehrt: Gelee in verschiedenen Geschmacksrichtungen, Tabletten und Dragees in unterschiedlichen Einfärbungen, darunter rosa speziell für die Frau. Ich war inzwischen von der Wirkung so überzeugt, dass ich eine gute Mischung bestellte. Als die heiße Ware wenige Tage später bei mir eintraf, informierte ich umgehend »Apoll«, der die Lieferung schon sehnsüchtig erwartet hatte.

Noch am selben Abend kam er zu mir und wir teilten die Beute brüderlich, denn jeder von uns wollte selbstverständlich die umwerfende Wirkung des Stoffs auch mit anderen Partnern testen. »Apoll« riss gleich das erste Päckchen auf und verschlang den Inhalt.

»Teil es dir ein«, ermahnte ich ihn. Dasselbe hatte ich auch vor. Dann und wann würde ich mir eine Halbe genehmigen, um Situationen, die mich vielleicht sonst überfordert hätten, angeregter begegnen zu können. Möglicherweise hätte mir das Wundermittel auch den Besuch im Swingerclub erheblich erleichtert.

»Apoll« schien es mit der Dosierung jedoch etwas anders zu halten. Bereits nach zwei Wochen rief er mich wieder an, um nach weiterem Stoff zu fragen. Ich weigerte mich jedoch, meine Rolle als pharmazeutisch-technische Assistentin weiter wahrzunehmen, und teilte ihm mit, dass ich keine neuen Bestellungen durchführen würde.

»Leihst du mir noch was von deinem Vorrat?«, bettelte er daraufhin und versprach, es mir zurückzugeben. Nanu, dachte ich. Ging da gar nichts mehr ohne? Scheinbar barg das Mittel enormes Suchtpotenzial. Ich trat ihm eine ganze Reihe meiner Dragees ab, doch auch das war für ihn nur ein Tropfen auf den heißen Stein. Denn wenige Tage später hatte ich ihn schon wieder in der Leitung und er bat um den Link. Ich sah es als Hilfe zur Selbsthilfe an und leitete ihm die Adresse weiter. Möglicherweise hat er daraufhin die indische Jahresproduktion aufgekauft, denn von »Merlin« hörte ich irgendwann nur noch, dass »Apoll« nicht mehr für bewährte MMF-Gruppendates zur Verfügung stehe, sondern sich ausschließlich jedes Wochenende mit einzelnen oder mehreren Damen verabrede, bei denen er sich großer Beliebtheit erfreue. Nun, das kann ich den Damen nicht verdenken. Ich vermute, dass »Apoll« inzwischen eine Flatrate bei der niederländischen Pharmafirma eingeräumt bekommen hat, und muss mir wohl eingestehen, dass ich mindestens einen Menschen in meinem Leben süchtig gemacht habe.

Outdoor- und Parkplatzsex: Lustkurort mit offenem Vollzug

Sobald Mutter Natur mit erstem Grün und lauen Sommernächten ins Freie lockt, beginnt auch die nächtliche Jagdsaison der Freikörpersubkultur. Buntes Treiben unter freiem Himmel ist eine beliebte Variante der Erotik. Es gibt bestimmte Parkplätze an Autobahnen, Seen oder im Wald, an denen man sich nachts oder auch schon tagsüber verabredet oder einfach spontan einfindet. Hierbei gibt es zwei Varianten: entweder mehrere Pärchen, die sich zum Bäumchen-wechsel-dich verabreden. Dabei springen die Frauen auf einer Art erotischem Trimm-dich-Pfad von Auto zu Auto, eine Spielart, die sich Dogging nennt. Die andere Variante: Ein Pärchen treibt sein Unwesen vor den heimlichen oder offenen Blicken diverser Spanner, die vorher über Zeit und Ort des Geschehens informiert wurden. Je nach Geschmack können Spanner auch zu Mitspielern umfunktioniert werden. Das Angenehme ist, dass hier erotische Randgruppen wie Exhibitionisten und Voyeure ihre Triebe ganz legal ausleben können.

Bewegung an frischer Luft ist gesund, haben unsere Eltern uns beigebracht. Ich machte jedoch die Erfahrung, dass das bunte Treiben in Wald und Flur durchaus auch gewisse Risiken birgt.

Ich war mit »Merlin« im Pornokino gewesen, aber mangels Publikums hatten wir unsere Vorstellung abgesagt. Auf der Suche nach einem Biergarten waren wir nun noch auf der Landstraße unterwegs. Als wir an einem Rastplatz vorbeikamen, setzte »Merlin« plötzlich den Blinker und bog ab.

»Musst du tanken?«, fragte ich ahnungslos. Er antwortete nur mit einem Grinsen und fuhr auf den Parkplatz, der abgesehen von ein paar geparkten Lkws und Pkws verlassen dalag. Wir hielten, lösten die Gurte, und »Merlin« begann mich zu küssen und zielgerichtet zu entkleiden. Ich versuchte, die trostlose Umgebung um mich herum auszublenden, schloss die Augen und gab mich einer Mischung aus Träumerei und schmutziger Fantasie hin, während er mich streichelte. Die Nacht war lau, »Merlin« ging geübt vor, sodass ich schnell in Stimmung kam, alles um mich herum vergaß und ... kam!

Als ich die Augen wieder öffnete, wurde mir schlagartig klar, dass ich lieber nicht alles um mich herum vergessen hätte. Denn der Wagen war umringt von Männern. Ich war Mittelpunkt einer fröhlichen kleinen Spanner- und Wichsrunde. »Merlin« ließ mir Zeit, mich an die Situation zu gewöhnen, und sagte dann: »Such dir einen aus.« Ich ließ meinen Blick durch das Dämmerlicht schweifen. Viel Gesicht konnte ich nicht erkennen. Schließlich wurde ich auf einen mittelgroßen Blonden aufmerksam und deutete auf ihn. Daraufhin kurbelte »Merlin« das Fenster herunter und rief: »Wenn du die anderen wegschickst, kannst du mitmachen.« Der Blonde verstand sofort und gehorchte aufs Wort. Die Aussicht auf ein baldiges Gratisvergnügen ließ ihn die anderen Männer gewissenhaft verscheuchen.

»Oder willst du, dass alle zuschauen?«, fragte »Merlin«. Ich schüttelte den Kopf und beobachtete den Blonden, der mit seiner Aufgabe als »Rausschmeißer« überfordert zu sein schien. Die Kerle klebten an unserer Heckscheibe wie Pech. Kaum war einer vertrieben, tauchten von einer anderen Seite zehn neue auf.

»Hier bekommen wir keine Ruhe«, entschied »Merlin« schließlich und rief den Blonden zu sich ans Fenster. Dann vereinbarten sie, einen nahe gelegenen Parkplatz anzusteuern. Der Blonde sollte uns in seinem Wagen folgen. Nachdem wir losgefahren waren, konnte ich im Rückspiegel sehen, dass uns ein gelber Kastenwagen folgte. Da es sich wohl nicht lohnte, mich wieder anzuziehen, blieb ich nackt und genoss die Fahrt durch die Nacht.

»Merlin« folgte der Landstraße und bog dann in einen finsteren Waldweg ein, um auf einem noch finstereren Parkplatz zum Stehen zu kommen. Der Wagen hinter uns stoppte ebenfalls und blendete die Lichter aus. Dann stieg der Blonde aus und kam zu meiner Türseite. Ich kurbelte das Fenster herunter, aber nur ein bisschen. »Merlin« begann mich wieder zu streicheln. Gleichzeitig griff der Blonde mit rauen Händen nach meinen Brüsten. Erst jetzt kam ich zum Nachdenken. Was sollte das hier eigentlich werden? Wollte ich hier mitten in der Wildnis Sex mit einem Wildfremden haben? Und wie weit hatte »Merlin« die Kontrolle über die Situation? Vielleicht hatte dieser Mann während der Fahrt schon seine Kumpels darüber informiert, was für ein Spektakel auf dem Waldparkplatz stattfinden würde, und eine Horde notgeiler Kerle war zu uns unterwegs. Ich schloss die Augen und versuchte, diese Gedanken zu verdrängen. »Merlin« tat das Seinige, um mich wieder in Stimmung zu bringen. Ich ließ mich darauf ein, bis ich plötzlich durch die geschlossenen Augen von Scheinwerfern geblendet wurde. Als ich die Augen öffnete, sah ich Lichter im Rückspiegel. Sofort war mein nackter Körper in Panik. Meine Befürchtungen hatten sich offenbar bestätigt. Hier kam die Nachhut des Blonden oder zumindest Verfolger vom Parkplatz. Und wir waren ihnen schutzlos ausgeliefert. Mein Herz klopfte so stark, dass ich meinte, das Auto vibrieren zu spüren.

Auch »Merlin« bemerkte nun die ungebetenen Gäste, stöhnte genervt und drehte sich um. »Ach, du Scheiße«, murmelte er dann und knöpfte im Schritt hastig zu, was gerade noch offen gestanden hatte. Ich wagte gar nicht erst, mich umzudrehen. Mit zitternden Ellenbogen kurbelte ich das Fenster hoch und drückte sicherheitshalber den Knopf herunter. Im Außenspiegel konnte ich sich nähernde Gestalten erkennen. Nur zwei. Ich atmete auf. Aber sie waren in Uniform. Ich bekam wieder Panik. Polizei!

Man sagt immer, kurz vor dem Tod läuft das ganze Leben noch einmal in rasender Schnelligkeit wie ein Film vor den inneren Augen ab. So einen Film sah ich in diesem Moment. Allerdings handelte er nicht von meiner Vergangenheit, sondern von meiner Zukunft. In schneller Abfolge rauschten Szenen an mir vorbei, wie mein Leben den Bach herunterging: ich nackt neben dem Auto. Ich nackt auf der Polizeiwache. Paul, der erfährt, dass ich nachts nackt auf einem Parkplatz aufgegriffen wurde. Meine Familie, die herausfindet, warum Paul sich von mir scheiden lässt. Polizisten, die in meine Firma kommen, um mich zu verhören, meine Firma, die mich entlässt, weil gegen mich eine Anzeige wegen öffentlichen Ärgernisses vorliegt.

»Papiere bitte!«, wurde mein Endlos-Horror-Movie unterbrochen. Helle Taschenlampen leuchteten den Wagen aus. Ich weiß nicht, wie ich es geschafft habe, in meinen Trenchcoat zu schlüpfen. Aber ich war bedeckt. Genauso war es auch »Merlin« gelungen, seine Körperteile ordnungsgemäß zu verstauen. Der Blonde lief zu seinem Wagen, um die verlangten Papiere zu holen. Wieder kurbelte ich das Fenster hinunter und reichte einem Beamten meinen Personalausweis, der in der Folge eingehend überprüft wurde.

Allmählich wurde ich wieder ruhiger. War das, was wir hier getan hatten, überhaupt verboten? Konnte man uns wegen Erregung öffentlichen Ärgernisses drankriegen, wenn es hier im finsteren Wald doch gar keine Öffentlichkeit gab? Was mich außerdem beruhigte: Keiner von uns hatte etwas getrunken oder Drogen bei sich. Ich beschloss daher, die weitere Gestaltung des Abends meinem Schicksal und den Polizisten zu überlassen. Sofort stieg mir ein klassisches Pornoszenario in den Sinn: Blondine bietet Polizisten sexuelle Dienstleistungen, um eine Anzeige zu vermeiden. Eine Weile hing ich meinen Fantasien nach, dann holte mich einer der Ordnungshüter zurück in die Realität. Er hatte meine Identität im Polizeicomputer überprüft und sich anscheinend davon überzeugt, dass die Nackte im Auto zumindest polizeitechnisch eine weiße Weste besaß, und von meiner Aussprache konnte er ableiten, dass ich keine illegale ukrainische Prostituierte war. Die Polizisten reichten uns unsere Papiere und gaben uns noch ein paar Sicherheitsermahnungen mit auf den Weg. Dann verschwanden sie. Ganz ohne Sex.

»Merlin« fuhr los, und nachdem wir eine Weile der nachtschwarzen Strecke gefolgt waren, entlud sich meine Anspannung in einem krampfartigen Gekicher, das sich zu einem hysterischen Lachkrampf steigerte, der auch meinen Fahrer ansteckte. Als wir uns wieder beruhigt hatten, entschuldigte er sich wortreich für die Unannehmlichkeiten, und obwohl ich das Ganze im Nachhinein mehr als leichtsinnig fand, konnte ich ihm nicht böse sein. Ich erzählte ihm von meinem Horrorzukunftsfilm und dann von meiner Fantasie mit den Polizisten.

»Merlin« grinste schon wieder unternehmungslustig. »Und? Hättest du es getan? Wenn sie es verlangt hätten?«

Ich lächelte vielsagend in die Nacht. »Merlin« blickte mich von der Seite an, in der Dunkelheit sah ich das Weiße in seinen Augen blitzen.

»Du bist doch noch nackt unter deinem Mantel?«, fragte er dann.

»Warum?«, erwiderte ich.

Rechts war ein Parkplatz und »Merlin« setzte bereits den Blinker. »Wehe«, rief ich und griff ihm so heftig ins Steuer, dass wir ins Schleudern gerieten. Ich hatte genug für heute. Genug Wirklichkeit und genug harte Realität.

Als ich nach Hause kam, war da wie immer dieses Comingdown nach dem Kick. Das Nachlassen der Spannung, auf das die Leere folgt. Um die Leere zu füllen, startete ich meinen Rechner und war gleich wieder auf der Seite unterwegs. Lächelnd registrierte ich, dass ich nun wohl auch schon zu diesen verunglimpften Usern gehörte, die, kaum von einem Date zurück, schon das nächste vereinbarten. Da sah ich, dass »Don« online war.

»Wie geht's dir?«

»Parkplatzsex.«

»Spannend ...«

»Mmh ... von der Polizei erwischt.«

»Autsch!«

»Du sagst es.«

»Hast du ihnen einen geblasen?«

Offenbar war unser kollektives erotisches Vorstellungsvermögen vom Pornofilm absolut gleichgeschaltet. Ich grinste meinen Monitor an.

»Dein Vertrauen in die Staatsgewalt scheint unerschütterlich zu sein.«

»Sagen wir, mein Vertrauen in den guten Geschmack der Staatsgewalt.«

Obwohl er mich nicht kannte, fühlte ich mich geschmeichelt. So beendete ich das Gespräch und konnte mich nun mit einem guten Gefühl ins Bett legen.

Sex am See: Kondome schützen nicht vor Sonnenbrand

»Merlin« wollte die Erinnerung an unser turbulentes Walderlebnis so schnell wie möglich mit einer weiteren Outdooraktivität auslöschen. Ich stand der Sache zwar mit gemischten Gefühlen gegenüber, aber an den nächsten Tagen war es so heiß, dass ich dem Vorschlag eines Ausflugs an den Badesee zustimmte. »Mit Happy Ending?«, fragte »Merlin« am Telefon. »Open Ending«, entgegnete ich. Wir vereinbarten ein Treffen für den kommenden Sonntag. An dem See, den wir ausgewählt hatten, gab es ein großes, für Familien reserviertes Ufer und gegenüber ein weitläufiges Gelände, auf dem immer wieder kleine Badebuchten zu Intimitäten einluden. Dieser Bereich war bei zeigefreudigen Paaren und Spannern beliebtes Schau- und Jagdrevier. Familien mieden diesen Ort natürlich wie der Teufel das Weihwasser, und das konnte uns nur recht sein.

Es war einer dieser Nachmittage, an denen man sich – geblendet vom Licht – einfach nur hinter einer großen schwarzen Sonnenbrille verstecken will. So war dies auch das einzige Accessoire, das wir trugen, nachdem wir es uns mit Handtuch und Sonnenöl in einer kleinen Badebucht bequem gemacht hatten. Die erste Stunde widmeten wir uns dem ausgiebigen Badevergnügen und lagen faul auf unseren Handtüchern. Gemeinsames Sonnen, gegenseitiges Einölen, Plantschen und Bespritzen – mit Wasser –, das waren unsere Aktivitäten. Irgendwann erhitzte mich die Sonne auch von innen derart, dass ich die Beine etwas spreizte, um Luft an meine schwitzenden Schenkel zu lassen. Bildete ich mir das ein, oder raschelte etwas im Gebüsch? Ich spreizte die Beine weiter.

Meine Aktivität zeigte bei »Merlin« volle Wirkung. Wie er da lag, den Schwanz gen Himmel gerichtet, sah er aus wie eine aufblasbare Schwimminsel mit Palme. Ich wälzte mich auf den Bauch, und er näherte sich von hinten. Dann stemmte ich mich auf Knie und Ellenbogen, und er drang ein. Dabei veranstaltete ich absichtlich einen ziemlichen Lärm.

»Ja! Lauter!«, feuerte er mich an. Ich ging mit den Schultern nach unten und legte den Kopf auf die Seite. Da sah ich ihn. Denjenigen, der das Geräusch im Gebüsch verursacht hatte. Ein nackter Glatzkopf mit Turnschuhen, der mich unverwandt anstarrte und wichste. Ich öffnete die Beine noch weiter, damit »Merlin« tiefer eindringen konnte, und erwiderte den Blick des Buschmannes. Es war eine merkwürdige Form der Intimität. Distanziert und doch näher als jede andere Begegnung. Ich genoss seine Blicke, die Haut auf der Sonne, meine Brüste rieben in »Merlins« Rhythmus am Handtuch. Nur beim Orgasmus schloss ich die Augen. Den wollte ich für mich haben. Als ich die Augen wieder öffnete, war der Beobachter verschwunden. Nachdem auch Merlin abgespritzt hatte, gingen wir ins Wasser und tauchten unsere Körper in die Fluten. »Einer hat uns beobachtet«, raunte ich »Merlin« zu, als ich mich in Flüsternähe an ihn herangepaddelt hatte.

»Einer?«, erwiderte er spöttisch und wies auf mehrere Stellen am Ufer, an denen die Blätter und Zweige der Büsche immer noch deutlich wogten. Als wir wieder an Land waren, machten wir, befeuert vom Interesse der unsichtbaren Zuschauer, weiter. Ich konzentrierte mich derart auf unsere Vorführung, dass ich alles andere vergaß. Natürlich auch, mich einzucremen. In der nächsten Woche hatte ich daher einen üblen Sonnenbrand. Genau auf dem Teil, das ich »Merlin« so vehement entgegengestreckt hatte. Mein Fazit für den Badesee: Relativ sicher, dennoch bestehen gewisse Risiken. Schutz empfehlenswert. Und damit meine ich ausnahmsweise nicht das Kondom.

Doppel-Whopper, die Zweite

»Zwei Männer, vier Hände. Du bist eine schöne Frau und träumst schon lange davon, im Mittelpunkt zu stehen. Wir, Ende 40, erfahren und sinnlich, machen den Traum wahr. Worauf wartest du? 0176/800989XXX.

Ganz unverblümt stand dieser Text unter »Lust und Liebe« im Kölner Veranstaltungsmagazin, das ich an diesem Samstagnachmittag durchblätterte. Ich saß auf meinem Sofa, durch das geöffnete Fenster strahlte die Sonne herein, doch sie erreichte mich nicht. Denn ich war erneut in Katerstimmung wegen Paul. Im Bemühen, mir meine Verletzung vom letzten Treffen nicht anmerken zu lassen, pflegte ich weiterhin freundschaftlich-engen Kontakt mit meinem Mann, dessen Unterton zuweilen an Flirt grenzte. Das hatte in mir wieder einen Funken der Hoffnung entfacht, sodass ich spontan vorgeschlagen hatte, dieses Wochenende in Hamburg zu verbringen. Freunde von uns feierten da ihr jährliches Sommerfest und ich hatte überlegt, dass dies der richtige Anlass sein könnte, wieder einmal etwas Zeit miteinander zu verbringen. Doch Paul hatte mir mitgeteilt, dass er über das Wochenende auf Sylt sei. Ich fragte erst gar nicht nach, mit wem, und leckte stattdessen zu Hause meine Wunden.

Sogar die Lust auf Wikipop war mir vergangen, stattdessen blätterte ich in dem Magazin herum auf der Suche nach einem ausnahmsweise anständigen und kulturell hochwertigen Zeitvertreib. Dass ich ausgerechnet hier auf ein erotisches Angebot stieß, schien mir ein Wink des Schicksals. Der Gedanke an eine neue Begegnung verschaffte mir einen Sofortkick und ich fühlte mich gleich lebendiger. Ohne zu zögern, griff ich daher zum Telefon und wählte die angegebene Nummer. Schließlich war ich keine Novizin mehr. Falsche Scham? Kannte ich nicht. Außerdem erschien mir das Alter der beiden verlockend. Vielleicht war das ja eine Alternative zum ewigen Abhängen mit der Jugend. Am anderen Ende der Leitung meldete sich ein netter Herr mit Kölner Akzent, zugegeben nicht gerade ein Aphrodisiakum für meine Ohren, doch strahlte dieser Dialekt auch eine herzliche Wärme aus, und das war es, was ich in diesem Moment notwendig brauchte.

»Hallo, ich bin, was ihr sucht«, kam ich gleich zur Sache. Mein Gesprächspartner wusste sofort, warum ich anrief, und nach einer kurzen Begrüßung und Vorstellung kamen wir auf ein etwas vertraulicheres Level. In den zwei Stunden, die wir telefonierten, erfuhr ich, dass er und sein Kollege keine unbeschriebenen Blätter waren, was exzentrische erotische Abenteuer betraf. Ich hatte also das Gefühl, in guten Händen zu sein. Wir vereinbarten ein Treffen für den kommenden Dienstag in seinem Appartement.

Bevor wir uns verabschiedeten, gab er sich noch alle Mühe, mir die Bedenken zu nehmen, die ich gar nicht hatte.

»Hast du eine wirklich enge, sehr gute Freundin?«, fragte er.

»Ja«, log ich.

Er riet mir, die angegebene Adresse bei ihr zu hinterlegen. Und sie anzurufen, sobald ich mich in der sündigen Wohnung befand.

»Okay«, antwortete ich, eher um ihm das Gefühl der Sicherheit zu gaben. Ernsthaft. Lieber würde ich den Ironman unten ohne absolvieren, als einer meiner Freundinnen zu erzählen, was ich vorhatte! Lieber lief ich Gefahr, in einer fremden Wohnung als Opfer der Amputationsmafia verklappt zu werden.

In meiner derzeitigen Untergangsstimmung schien mir dies zudem sogar eine reizvolle Alternative zum richtigen Leben zu sein.

Als sich der Dienstagabend näherte, erledigte ich die üblichen Vorbereitungen: Dusche, Rasur und das Anlegen von Wäsche, die meinen absoluten Kampfeswillen zum Ausdruck brachte. Die Frage »mit oder ohne Höschen« entschied ich zugunsten von Höschen, denn ich hatte beschlossen, den kurzen Weg bis zum Appartement mit dem Fahrrad zurückzulegen.

Die Wohnung lag in der Weststadt, meiner unmittelbaren Nachbarschaft, also einer guten Gegend, was zu meiner Unbekümmertheit beigetragen hatte. Das betreffende Haus befand sich in einer schönen Straße voller Altbauten. Die entsprechende Adresse gehörte allerdings zu einem 60er-Jahre-Bau, der sich verschämt zwischen den Patrizierhäusern duckte. Noch hätte ich umkehren können, aber Kneifen war meine Sache nicht. Also klingelte ich an dem Namensschild und kurz darauf wurde mir scheppernd geöffnet. Ich stieg die Stufen zum zweiten Stock hinauf, wo ich schon bei offener Tür erwartet wurde.

Mein Drang nach Abwechslung war derart groß gewesen, dass ich die üblichen Vorsichtsmaßnahmen wie den Austausch von Bildern zum Abgleich von Alter und Gewicht mit der Realität und ein Treffen auf neutralem Grund total vergessen hatte.

Bevor ich mich versah, stand ich im Wohnungsflur und saß damit erst mal in der Falle. Von der Wohnung konnte ich zunächst nicht viel erkennen, denn der Blick wurde mir von den Bäuchen der beiden Dickerchen, die im Flur standen, versperrt. Teddy und Bärchen, so schoss es mir durch den Kopf. Rundungen waren das eine. Der nächste Punkt war das Alter. Habe ich nicht gesagt, dass ich mich über die Reife von Männern freue? Jetzt hatte ich auf jeden Fall das Gefühl, altersmäßig meinem Vater und meinem Onkel gegenüberzustehen. Die beiden machten erst mal einen auf Gemütlichkeit und drängten mich mit ihren Bäuchen freundlich ins Wohnzimmer.

Meine Aufmerksamkeit wurde nun auf die Einrichtung gelenkt. Dabei musste ich feststellen, dass ich in eine veritable Plüschhölle geraten war. Herrschte ansonsten in deutschen Junggesellenbuden die pure Tristesse vor, war hier eine fast orientalische Üppigkeit zu Hause. Als wäre ich bei Rudolf Mooshammer und seinem heterosexuellen Cousin zu Besuch und jeden Moment käme ein Yorkshireterrier namens Daisy um die Ecke geschwänzelt.

Die Wohnung war zugepfercht mit Plüschmöbeln und Teppichen aller Art, ich schwöre, sogar die Wände waren mit Plüsch tapeziert. Der Boden war mit hochfloriger Ware ausgelegt, die Sofas mit Decken und Kissen bestückt. Alles in dieser Wohnung schien weich und rund, inklusive den beiden Gastgebern. Sollte ich hier umfallen, ich würde zumindest weich landen. Allein das beruhigte mich.

»Trink doch was«, rief »Teddy«, der sicherlich aus über 100 Kilogramm durch und durch freundlicher Körpermasse bestand. »Bärchen«, sein Kompagnon, mit einer beachtlichen Kitzlerbürste im Gesicht, saß auf dem Plüschsofa und klopfte auf den Platz neben sich. Ich ließ mich auf die mir zugedachte Stelle plumpsen.

In Anbetracht von so viel Kuscheligkeit war die Lust bei mir wie weggeblasen. Ähnlich viel erotische Spannung mag in einem Streichelzoo aufkommen. »Teddy« und »Bärchen« ließen mir erst mal Zeit anzukommen, versorgten mich mit einem Knabbermix aus Crackern, Nüssen, Chips und Flips, dazu Würstchen, Gürkchen und Kekse. Beide arbeiteten nun mit vereinten Kräften an einem Vertrauensaufbau und wir plauderten angeregt. Natürlich steuerte das Gespräch schließlich, wenn auch langsam, so doch unaufhaltsam auf den eigentlichen Grund meines Besuchs hin.

»Wir sind sehr wählerisch«, meinte »Teddy« und biss geräuschvoll in sein Cocktailwürstchen. »Von zehn Frauen, mit denen wir telefonieren, treffen wir uns mit einer.« Er machte eine Kunstpause, die mir ausgiebig Zeit ließ, mich zu wundern. Dann fuhr er fort. »Die meisten haben zu extreme Vorstellungen«, wieder ein Wurstbiss und ein vielsagender Blick zu Bärchen, »das mögen wir nicht.«

»Was denn für Vorstellungen?« Allmählich wurde ich neugierig.

»Bärchen« rollte mit den Augen. »Die wollen, dass man sie beschimpft …«

»Schlägt!«, warf »Teddy« temperamentvoll ein.

»… fesselt«, ergänzte »Bärchen«.

Ich nippte an meinem dritten Sekt und sagte dann: »Ich dachte, Männer stehen da drauf.«

»Nein, nein, nein«, widersprach »Teddy« entschieden, »wir nicht. Aber die Frauen werden immer extremer. Einmal«, er grinste »Bärchen« an, » hat uns eine in den Baumarkt bestellt. Dahin, wo die Gartenhäuschen stehen. Da hat sie dann gewartet. Mit nacktem Hintern und gefesselt. Und wir sollten sie bespringen.«

Angesichts von so viel Wagemut begann mein Zwerchfell zu vibrieren.

»Und?«, fragte ich erwartungsvoll.

»Wir waren da«, fuhr »Teddy« mit müdem Blick fort. »Aber haben keinen hochgekriegt«, ergänzte sein Partner. »Teddy« nickte. »Man will sich ja erst mal näherkommen, ein bisschen Kontakt, etwas wissen über die Frau, bevor man sie …«, er verschluckte verschämt das Wort »fickt«.

Ich war erstaunt. Hatte ich es hier mit Frauen im falschen Körper zu tun? Das würde den Einrichtungsgeschmack und die Gewichtsprobleme erklären.

»Ich stehe auf Blicke«, verriet »Bärchen« mit einem koketten Seitenblick und schnippte sich eine Silberzwiebel in den Mund. »Das ist für mich das gewisse Etwas. Aber die hatte ja die Augen verbunden.«

Ich musste schlucken, ganz ohne Silberzwiebel im Mund. »Die hat gefesselt und mit verbundenen Augen auf wildfremde Männer gewartet?« Offenbar gab es Frauen, die noch wesentlich verwegener bei der Realisierung ihrer Fantasien waren als ich.

»Na ja, ihr Mann war ja dabei«, erklärte »Teddy« und langte in die Schale mit dem Knabberzeug. »Das waren Cuckolds.«

»Da gibt's mehr, als man denkt«, meinte »Bärchen« weiter. »Manche Männer kommen mit Bildern von ihren Frauen und zeigen die uns, bevor sie uns treffen. Die macht das dann an.«

»Aha«, gab ich zurück, nur um irgendetwas zu sagen. Möglicherweise war dies eine besonders stabile Beziehungsform, weil beide ihre Triebe ganz legal ausleben konnten.

»Die sind uns auch lieber als die Männer, die allein kommen, erst eine große Klappe haben und dann kneifen«, knüpfte »Bärchen« an. »Wir hatten hier mal ein Treffen. Wir beide«, »Bärchen« deutete auf »Teddy« und sich selbst, »ein Paar und noch ein Mann. Der Typ kam als Letzter. Er sah uns alle an und fragte dann nach der Toilette. Wir sagen ihm: im Flur links. Er geht raus, kurz darauf hören wir die Eingangstür ...«

»Abgehauen«, fügte »Teddy« hinzu und lächelte. Für einen kurzen Moment überlegte ich, ob ich ebenfalls auf diesen Trick zurückgreifen sollte. Aber ein seltsamer Ehrgeiz hatte mich ergriffen. Ich hatte jetzt auch Lust, einige meiner Erlebnisse zu berichten.

Und ich gab etwas von meinen Outdoorerlebnissen zum Besten. Erst von der Geschichte am See und dann von der Polizeipanne auf dem Parkplatz.

»Teddy« und »Bärchen« schlugen sich auf die Schenkel vor Vergnügen. Oder war es die Freude darüber, dass sie mit mir einen vermeintlich echt guten Fang gemacht hatten?

»Früher haben die Polizisten da ja manchmal mitgebumst«, erklärte »Teddy« wichtig und warf sich eine Portion Nüsse zwischen die Kiemen. Ich war froh festzustellen, dass meine Fantasie anscheinend gar nicht so abwegig war.

»Auf dem Parkplatz Richtung Neuss tummeln sich immer die Pärchen«, setzte »Teddy« nun zu einer nächsten Geschichte an. »Ein tschechisches Pärchen hat immer schon im Voraus angekündigt, wann es da sein würde. Dann ist sie in den Wald und hat da, wo sie lag, ein weißes Tuch in den Baum gehängt. Damit die Kerle sie finden. Währenddessen hat ihr Mann im Auto aufs Kind aufgepasst.«

»Lass doch jetzt mal die Geschichten«, unterbrach »Bärchen« die Erzählung plötzlich und rückte näher an mich heran. Er hatte wohl Bedenken, ich könnte abgeschreckt werden. Doch das Gegenteil war der Fall. Ich brachte nun mal eine gewisse Neugier für »exzentrische erotische Abenteuer« mit. Geschichten wie diese regten meine Fantasie genauso an wie die Feuchtigkeitsproduktion zwischen meinen Beinen. »Teddy« hatte offenbar ein natürliches Gespür dafür. Inzwischen thronte ich auf jeden Fall mit roten Wangen und hochgerutschtem Rock auf dem Sofa. »Teddy« schenkte mir den fünften Sekt ein. Oder war es der sechste?

»Stehst du auch auf so was?«, fragte er nun und zupfte an dem Saum meines Kleides.

»Auf was?«, nuschelte ich in mein Glas hinein.

»Na, mehrere Männer und so.« Seine Tatze landete auf meinem freiliegenden Schenkel.

»Wäre ich sonst hier?«, fragte ich mit Seitenblick. Nun näherte sich auch »Bärchen« mit warmen, molligen Händen. »Zieh doch mal das Kleid aus«, schlug er vor. Ich weiß nicht, ob es an den gefühlten 100 Grad Raumtemperatur lag, an den Geschichten, die mich erhitzt hatten, oder einfach daran, dass ich die Wirkung von »Bärchens« Gesichtsbürste dringend ausprobieren wollte. Jedenfalls kam ich seinem Wunsch nach.

Genauso wie ich noch verschiedenen anderen Vorschlägen der Herren nachkam. Zwölf Stellungswechsel später und um viele Geschichten reicher, verließ ich die Wohnung schließlich spät am Abend und muss gestehen, dass ich meinen Spaß gehabt hatte. Echt.

Zu Hause erwischte mich wieder das Nudelholz meines schlechten Gewissens und damit einhergehend die Frage, ob ich nicht zu weit gegangen war. Um mich von diesen trüben Gedanken abzulenken, loggte ich mich im Chat ein. Der war randvoll mit Männern. Die laue Sommernacht machte sie wohl zu umtriebigen Jägern. Ich entdeckte ein paar Bekannte, tauschte hier und da Bemerkungen aus. »Merlin« und »Apoll« waren auch online. Also diskutierte ich mit »Merlin« neue Ausflugsziele, während »Apoll« mir großzügig anbot, eine Ladung Potenzförderungsmittel an mich abzutreten. Vermutlich hatte er eine neue Lieferung erhalten. Dazwischen immer wieder fremde User, die den Kontakt suchten und mich um ein Soforthilfeprogramm regelrecht anbettelten.

»Tolles Profil. Lust auf ein Tref'n?«

»Zeit für einen schmutzigen Chat?«

»Hätte jetzt für zwei Stunden Zeit. Fickn Rheinwiesen?«

»Würde dich gerne zu einer romantischen Nachttour einladen.« (Derselbe nach zwei Minuten Bedenkzeit, in denen ich nicht auf seine Anfrage reagiert hatte, und zwei Minuten später noch mal.)

»Lust, sich bei einem Bier kennenzulernen?«

So verlockend die Idee auch war, zu nachtschlafender Zeit mit Bieratem plaudernderweise eine neue Sexbekanntschaft zu machen, die nichts anderes im Kopf hatte als »Fickn Rheinwiesen«, ich verzichtete. Auch auf die lauwarmen Chatergüsse meiner männlichen Gegenüber konnte ich gut verzichten. Im Grunde interessierte mich als Chatpartner nur einer. Doch ausgerechnet der war nicht da. Und wollte auch nicht erscheinen, sosehr ich wartete, während im Sekundentakt unmoralische Angebote auf mich einhagelten. »Verdammt«, fluchte ich schließlich und hieb mit solcher Wucht auf meine Computertastatur, dass der Buchstabe W durchs Zimmer wirbelte. Mistkerl. Wenn man einmal jemanden zum Ausheulen brauchte, war er nicht da. Nur zu gerne hätte ich ihm meinen Onkelsex gebeichtet. Um dann eine Absolution von ihm zu erhalten. Missmutig schaltete ich den Rechner ab. Zum ersten Mal fragte ich mich, was für ein Mensch sich wohl hinter diesem »Don« verbarg. Was für ein Leben führte er? Traf er sich mit Frauen, die er auf dieser Seite kennenlernte? Einmal hatte ich ihn danach gefragt. »An Rammeldates bin ich nicht interessiert«, war seine Antwort gewesen. Und dass er seine wilde Zeit diesbezüglich schon hinter sich habe. »Was machst du dann hier?«, überlegte ich daraufhin. Vielleicht log er aber auch, um einen guten Eindruck zu hinterlassen. Da wäre er nicht der Einzige.

Mein Eindruck war, dass Männer, wenn sie einmal vom Kick des schnellen Sex angefixt waren, nicht mehr so schnell davon loskamen. Zumindest nicht ohne die Unterstützung eines einschlägigen Therapeuten. Selbst wenn sie nie wirklich zum Zug kamen, wandelten sie weiter auf diesen Seiten herum wie Untote, Vampire auf der ewigen Suche nach dem nächsten Bluterguss. Biss zum Morgengrausen. Das Spannende hierbei war das Suchen, nicht das Finden. Hinter jeder Zeile, so dämlich sie sich oft auch anhörte, lauerte das ultimative Lusterlebnis, das versprach, das Leben für immer zu verändern. Oder zumindest für einen ganz kurzen Moment. Auch ich war mittlerweile infiziert von diesem Virus.

Sex aus dem Spielzeugkoffer. Wenn der Unterleib zur Playstation wird

Wenn sich eine Frau wie ein Promi beachtet fühlen möchte, muss sie einfach einen Sexshop aufsuchen. Und zwar nicht diese dezent auf weibliches Publikum abgestimmten Erotikgeschäfte, sondern die harten Läden klassischen Zuschnitts, in denen der männliche Kunde noch König ist. Kaum betritt eine Frau dieses ureigene Terrain der chronisch Untervögelten auf der Suche nach Ersatzbefriedigung, schon ist sie der Aufmerksamkeit sämtlicher Besucher gewiss. Inklusive die des 1-Euro-Jobbers an der Kasse. Selbstverständlich alles gaaanz unauffällig.

Auf der ewigen Suche nach dem ultimativen Lusterlebnis war ich irgendwann auf die Idee verfallen, zu künstlichen Hilfsmitteln zu greifen und mir den ersten Vibrator meines Lebens zuzulegen. Und weil ich seit dem Erlebnis mit dem Gangschaltungsvibrator immer noch unter einem Trauma litt, hatte ich mich dazu entschieden, den Kauf dieser Gerätschaft in einem konventionellen Sexshop zu tätigen. Ein Laden in Bahnhofsnähe, die Schaufenster in neutrales Rot getaucht, versprach die Befriedigung meines Bedürfnisses.

Als ich den Laden eines Abends betrat, war er gut gefüllt mit Feierabendkäufern. Die Anstrengung, möglichst nicht zu mir zu starren, hörte man förmlich in den Regalen knirschen. Bisher hatte ich nur wenig Kontakt mit vibrierenden Vorrichtungen aus Hartplastik gesammelt. »Georg«, einer meiner derzeitigen Lover, war sozusagen *Heavy User* und hatte mich mit den mannigfaltigen Möglichkeiten vertraut gemacht. Eines Tages, als er befand, ich habe mir sein volles Vertrauen erfickt, hielt er mich für würdig, mir seine persönliche Spielzeugsammlung vorzuführen. Er holte einen Koffer aus seinem Schlafzimmer, der mich an meinen Spielzeugkoffer erinnerte, in dem ich als Kind meine Puppen und deren Kleider aufbewahrt hatte. Der Inhalt seines Koffers war allerdings nicht ganz so jugendfrei wie meiner. Neben einer umfassenden Sammlung von Teenie-Videos (ich beschloss, diesen Tatbestand nicht weiter zu kommentieren) und einer äußerst beeindruckenden Gummivagina besaß er Vibratoren in allen Größen und Farben. Wären sie hohl, hätte man sie ineinanderschachteln können wie die berühmten russischen Matroschka-Puppen. Aber sie waren natürlich alle massiv mit Gummi gefüllt, um dem enormen Druck, dem sie bei ihrem Einsatz ausgesetzt waren, standhalten zu können. »Georg« liebte es, mir beim Sex in die Öffnung, die gerade nicht belegt war, ergänzend einen Vibrator einzuschieben. Zu Beginn amüsierten mich diese Spielchen, doch irgendwann langweilte mich diese merkwürdige Form der Doppelbelegung, und ich empfand es als eine ungebührliche Einmischung in meine inneren Angelegenheiten. Doch mein Interesse an den künstlichen Lustverstärkern war definitiv geweckt, und so überließ ich »Georg« seinen »heißen Teenie-Schenkeln« und machte mich auf die Suche nach einem neuen Privatspielzeug.

Der Shop meines Vertrauens bot alles, was die schmutzige Fantasie begehrte: Dildos in Pfeffermühlengröße. Analstöpsel vom Durchmesser einer Vittel-Flasche. Saugnäpfe zum Aufpumpen der Klitoris auf Penisniveau. Ein SM-Starter-Kit in der Blisterpackung mit Handschellen, Peitsche, freundlicherweise auch Gleitgel und einer weichen Unterlage. Die fleischfarbene Wand mit den nach Themen sortierten Pornos überließ ich dem Rest der ausschließlich männlichen Kundschaft, die ihren Blick flink zwischen mir und den DVDs hin- und herflitzen ließen im Bemühen, mich in die auf den Covern dargestellten Positionen hineinzufantasieren.

Eigentlich frage ich mich, wer heutzutage noch Geld für Pornos bezahlt, wo es die doch gratis im Internet gibt, aber egal. Alles andere als gratis waren die angebotenen Vibratoren. Selbst für einen Gummistöpsel von normal menschlicher Größe musste man eine Summe hinlegen, die eher ein XXXXXL-Niveau hätte vermuten lassen. Zumindest war das der Preis, wenn Frau nicht riskieren wollte, sich mit hochgradig verseuchtem Giftgummi eine hartnäckige Hautkrankheit zuzuziehen. Ich langte also tief in die Tasche und kaufte mir die lebensgroße, fleischfarbene Nachbildung eines Penis, mit dessen Besitzer es der liebe Gott sehr gut gemeint hatte. Für frauenfreundliche Modelle wie Flipper, den blauen Delfin, oder Wupp, die Wunderraupe, war ich einfach nicht die richtige Zielgruppe. Funktionierte bei mir genauso wenig wie frauenfreundliche Pornos.

Da ich gerade so schön in Shoppingstimmung war, machte ich noch einen Abstecher in die Dessousabteilung. Auch hier tobte sich die Kunststoffindustrie von Herzen aus. Sogar bei den Strapsen, Miedern, Strumpfhosen und Slips mit Schlitz – Sie wissen schon, wo – zog sich das Thema Polyester konsequent durch. Ich konnte mir allerdings beim besten Willen nicht vorstellen, ein Kleidungsstück auf der Haut zu tragen, das aus demselben Material gefertigt war wie mein Gummipenis. Also nahm ich nur ein Paar Netzstrümpfe mit – die kann man immer gebrauchen – und ging dann noch den letzten schweren Gang zur Kasse.

Selbstverständlich hatte keiner der Anwesenden seit meinem Eintreffen den Laden verlassen. Jetzt trieb die ganze Herde betont unauffällig zur Kasse, um zu verfolgen, was die einzig anwesende Frau auf diesem Planeten wohl zu kaufen gedachte. Mit der Wahl meines Dildos brachte ich die Fantasie der Anwesenden zum Siedepunkt. Die Kerle hatten allesamt eine Erektion, dass der Reißverschluss knackte.

Der Kassierer dehnte diesen Moment noch genussvoll aus, indem er dem Vibrator Batterien verpasste und sich in meiner Anwesenheit (und der von 15 Herren) von seiner vollen Funktionsfähigkeit überzeugte. Schließlich weiß ja jeder, dass Vibratoren vom Umtausch ausgeschlossen sind. Nach erfolgreicher Prüfung empfahl er mir, zusätzlich zu den vom Hersteller gelieferten Batterien noch eine Ration extraleistungsfähige Batterien zu erwerben. Nanu? Wofür hielt der Kerl mich? Für eine Vibratornymphomanin, das Duracell-Häschen der Masturbation? Ich lehnte dankend ab und verließ erhobenen Hauptes das Etablissement.

Zu Hause hielt ich das fleischfarbene Prachtstück erst einmal unters heiße Wasser, um Rückstände von chinesischen Arbeiterhänden und anderen Fummlern abzuwaschen. Dann bestückte ich es mit der vorgeschriebenen Anzahl an Batterien, machte mich untenherum frei und klickte den Hebel auf On. Es tat sich nichts. Womit ich jetzt nicht andeuten will, dass ich untenherum gefühllos geworden war. Beim Vibrator tat sich nichts. Hatte er eben beim Verkäufer noch vorschriftsmäßig seinen Dienst gerüttelt, blieb er jetzt still und stumm.

Toll, dachte ich. Bei mir wird natürlich der Vibrator impotent. Fluchend untersuchte ich Batterien, Kontakte und das Innenleben des Kunstpenis aufs Genaueste. Auch der vollständige Austausch der Batterien und die Variation der Reihenfolge brachten nichts. Umtauschen war ausgeschlossen. Und zurückfahren und reumütig um die extraleistungsfähigen Batterien betteln ebenso. Also pfefferte ich das Ding erst mal in die Ecke. Einige Tage später kaufte ich hochwertige Batterien in einem Elektrofachgeschäft (für meine Zahnbürste, wie ich dem Verkäufer vorlog). Zu Hause führte ich diese in den Penis ein und er respondierte darauf pflichtgemäß mit den versprochenen »80 Vibes pro Sekunde«. Es konnte also losgehen. Meine Erwartungen an den künstlichen Lustverstärker waren hoch. Den Vergleich zwischen Handbetrieb und Vibrator stellte ich mir vor wie der von Elektrokochplatte zur Mikrowelle. In Sekunden sollte er mich zum Höhepunkt schleudern. Und dann von Höhepunkt zu Höhepunkt.

Vielleicht wurde ich deshalb enttäuscht. Trotz kräftiger, in Stärke und Rhythmus verstellbarer Vibrationen passierte nichts. Ich hielt das Ding an die dafür vorgesehenen Weichteile. Es störte nicht, tat aber auch nicht viel. Vielmehr versetzte es meinen Gesamtunterleib in derartige Vibrationen, dass ich mich fühlte wie auf der Power Plate, was wiederum Assoziationen von Fettverbrennung wachrief. Bis auf die Tatsache, dass mein Schambereich nach einer Weile durch die Reizung gänzlich taub war und selbst von Hand nicht mehr stimuliert werden konnte, geschah nichts.

Mein Interesse an weiteren Produkten der Sexindustrie war damit schlagartig erloschen. Der vibrierende Schmetterling zum Umschnallen oder die Klitorispumpe? Konnten mir gestohlen bleiben. Ich würde nicht weiter den Markt für Sexartikel und damit steigende Aktienkurse entsprechender Unternehmen unterstützen. In Sachen Lust hat bei mir nur noch Handwerk goldenen Boden. Den Vibrator behielt ich trotzdem. Oder können Sie sich vorstellen, mit einem Kassierer in einem Sexshop folgendes Gespräch zu führen:

Ich: »Ich möchte mein Geld zurück. Das Ding funktioniert nicht.«

Sexfachverkäufer: »Warum?«

Ich: »Ich bekomme keinen Orgasmus.«

Sexfachverkäufer (schüttelt den Kopf und seufzt): »Frauen und Technik.«

Dirty Talk. Bitte nur Hochdeutsch

Nach dem missglückten Versuch mit dem Kunstpenis wollte ich doch lieber wieder in den Genuss eines echten Schwanzes kommen. Inzwischen besaß ich genügend Wissen und Erfahrung, um mir auf Wikipop.de die besten, leistungsfähigsten Kandidaten zu angeln.

Hierfür gab es ein paar einfache Regeln. Erstens: kein Date ohne Gesichtsfoto. Die Lektion hatte ich seit »Teddy« und »Bärchen« definitiv verinnerlicht. Zweite Regel: kein Date ohne Schwanzfoto. Ja, Sie haben sich nicht verlesen. Ein Bild sagt mehr als 1000 Worte, und auf genau diese wollte ich mich nicht mehr verlassen. Am Anfang war ich ja noch so naiv gewesen zu glauben, dass es auf dieser Seite, auf der unumwunden der Trieb im Mittelpunkt stand, total ehrlich zugehe. Sex ohne Blumen und Pralinen, ohne Lügen und romantische Märchen. So dachte ich jedenfalls. Doch ich musste schnell feststellen: Nirgendwo wird so viel gelogen. Oder zumindest maßlos übertrieben.

Beim Renovieren oder Rückwärtseinparken haben Männer in der Regel einen guten Sinn für das richtige Maß. Aber wenn es um den eigenen Körper geht, insbesondere das Lustorgan, verlieren sie jegliches Gefühl dafür. Oder wie erklären Sie sich sonst, dass ich einen »Megaschwanz« der Größe 20 mal 7 bequem in den Mund nehmen konnte? Und ich versichere Ihnen, ich besitze keine Ausbildung zur Schwertschluckerin. Männer übertreiben eben gern, wenn es um den Bereich unterhalb des Gürtellinienäquators geht.

Dritte Regel: Telefoncheck. Man sagt ja immer, die Augen sind der Spiegel der Seele. Ich bin der Meinung, die Stimme ist es. Die Stimme sagt, welche Seele in einem Kerl wohnt. Ein Zwei-Meter-Riese mit Fistelstimme? Will nichts weiter von deiner Brust als sich daran ausheulen. Ein nörgeliger Unterton? Lässt auf eine ausgesprochene Zu-kurz-gekommenen-Mentalität schließen, möglicherweise, weil der Stimmträger tatsächlich zu kurz gekommen ist und mit dem Foto von dem Riesenpenis einfach nur schummelt. Tolle Kerle müssen nicht nörgeln. Punkt. Extrem volltönende Stimme bedeutet oft: Mann gibt sich locker, ist es aber nicht. Achten Sie mal darauf. Angst, Wut, Unzufriedenheit, alles spricht mit, wenn der Kerl seinen Mund aufmacht. Leider auch der entsprechende Dialekt.

Nach einem längeren Mailkontakt und erfolgreichem Fototausch telefonierte ich mit »Marco«, und soweit ich das am Telefon beurteilen konnte, verzeichnete seine Stimme einen gleichmäßigen Energiefluss. Den ausgeprägten sächsischen Einschlag blendete ich aus. Wenn ich meine Erwartungen zu hoch schraubte, wurde der Bewerberkreis einfach zu eng. Außerdem war der Mann rein optisch ein Genuss: 32, mit gestähltem Körper, tollen Maßen und hübschem Gesicht, da konnte man nicht auch noch die Aussprache eines Nachrichtensprechers erwarten. Wenn mir sein Gequake zu lästig würde, könnte ich ihn immer noch mit meiner Muschi mundtot machen.

Wir verabredeten uns in einem Eiscafé bei mir um die Ecke. Ach ja, ich vergaß meine vierte Regel zu erwähnen: Treffen an einem neutralen Ort, damit ich nicht mehr mit irgendwelchen Männern aus Höflichkeit fickte, nur weil ich eh schon mal in deren Wohnung war, eine Flasche Sekt allein ausgetrunken und den Jahresvorrat an Knabberzeug verzehrt hatte (so geschehen bei »Teddy« und »Bärchen«).

»Marco« war auch live keine Enttäuschung. Dunkles kurzes Haar, Shorts, Shirt, es gab nichts zu meckern. Erzählungen nach hatte er schon einige Begegnungen gehabt, wirkte jedoch nervöser als der Situation angemessen. Er spielte unentwegt mit seinem Handy und hackte mit den Zähnen wie besessen auf seinen Kaugummi ein. Wir setzten uns und er fragte, was ich trinken wolle. Ich hatte Lust auf Eisschokolade. Alkohol trank ich selten bei Dates und Kaffee zum Aufputschen war keinesfalls notwendig. Als der Kellner kam, bestellte »Marco« für uns beide: »Eine Cöla und eine Eisschoggolohde.«

Habe ich den sächsischen Akzent schon erwähnt? Ich rief mich innerlich zur Ordnung und erinnerte mich an meinen Vorsatz: keine Vorurteile des Dialekts wegen.

»Marco« erzählte nun, dass er auf Wikipop.de bereits eine Frau kennengelernt habe, mit der zusammen er ein Paarprofil unterhalte. Eine verbreitete Taktik auf dieser Seite. Hatte man einen passablen Partner gefunden, richtete man gemeinsam ein Paarprofil ein. Das versprach dem Mann mehr Kontakte als ein männliches Singleprofil und der Frau die schützende Schulter eines männlichen Begleiters. Auch »Merlin« und »Apoll« hatten mir schon des Öfteren angeboten, solch ein Profil einzurichten. Auf Wikipop galt dies schon fast als Heiratsantrag, den ich allerdings dankend abgelehnt hatte. Immerhin war ich ja schon verheiratet. Wenn auch diese Ehe momentan ausschließlich aus einem Stück Papier und einem runden Stück Edelmetall bestand, das Paul noch nicht einmal mehr bereit war zu tragen, wie ich bei unserem letzten Treffen festgestellt hatte. Davon, eine neue, wie auch immer geartete feste Partnerschaft einzugehen, war ich ähnlich weit entfernt wie George Clooney.

Ich fragte mich, wie ernst »Silvia« – so hieß besagte Profilkollegin – die Partnerschaft mit »Marco« war, und fragte ihn vorsichtig: »Ist ›Silvia‹ nicht eifersüchtig, wenn du andere Frauen triffst?«

Marco verneinte entschieden. »Wir führen eine offene Beziehung.«

So, so, dachte ich und schlürfte meine Schokolade. Ob diese »Silvia« von dieser offenen Beziehung wusste? Nun, es war nicht meine Angelegenheit, außerdem wollte ich »Marco« nur für einen Nachmittag, nicht für den Rest meines Lebens.

Damit Sie mich nicht falsch verstehen. Ich date grundsätzlich keine Männer, die in ihrem Profil angeben, dass sie gebunden sind. Denn ich habe keinerlei Interesse daran, professionelles Fremdgehen zu unterstützen. Aber »Marco« und seine Geschichte waren ein Grenzfall, den ich noch mal durchgehen lassen wollte. Zumal sie wohl wirklich darüber Bescheid wusste, dass er momentan hier bei mir auf Freiersfüßen wandelte.

»Sie hat mir gerode geschrieben, sie ist heute gonss horny«, erklärte »Marco« grinsend. »Wenn wa wolln, könn wa auch dohin fohrn.«

Aha. Daher wehte also der Wind. Deshalb die Nervosität. Mein Gegenüber hegte offenbar den gewagten Plan, mich hier einzusammeln, zu seiner Tussi zu karren und dann DEN großen Männertraum zu verwirklichen: Sex mit zwei Frauen. Weiber, so weit die Hände reichen, möglichst noch attraktiv und willig, das war der ewige Traum, den ein weißer Mittelklassemann in gleicher Weise träumte wie der schwarze Gangster-Rapper. Nun waren Männer aber auf Wikipop.de bereits Glückspilze, wenn sie überhaupt mal in die Nähe einer Frau kamen. Dazu noch eine zweite zu organisieren grenzte schon an ein Wunder. Jetzt sollte ich also die entsprechende Versorgungslücke füllen. Ich lehnte allerdings ab. Nicht etwa aus Prüderie oder Bosheit, aber das hier ging mir irgendwie zu schnell. Ich hatte diesen Menschen gerade erst kennengelernt. Und jetzt sollte ich mich schon wieder auf eine neue Situation einlassen? Nein, ich wollte es langsamer angehen, den Mann erst einmal allein auskosten. Auch wenn das hieß, »Marcos« Pläne zu durchkreuzen und »Silvia« eine Absage zu erteilen. »Marco« gab sich schnell geschlagen und teilte seiner Freundin umgehend fernschriftlich mit, dass sie nicht mehr mit uns rechnen könne.

Dann einigten wir uns darauf, alsbald zu bezahlen und gemeinsam in meine Wohnung zu gehen. Während wir so durch den sonnigen Abend schlenderten und plauderten, packte mich dann doch wieder die Abenteuerlust. Warum nicht diese Gelegenheit nutzen, um eine neuartige, mir bis dahin fremde Konstellation auszuprobieren?

»Wenn du willst, können wir doch noch zu ›Silvia‹ fahren«, bot ich »Marco« daher kurz entschlossen an. Der war natürlich überrascht von meinem plötzlichen Sinneswandel, doch nachdem er sich vom ordnungsgemäßen Zustand meines Geistes überzeugt hatte und sich sicher war, dass ich meine Meinung nicht noch einmal ändern würde, wählte er Silvias Nummer und erklärte ihr, dass wir in 20 Minuten bei ihr sein könnten. Während des Gesprächs versuchte ich, ihre Reaktion an seinem Gesicht abzulesen. Von seinen Worten konnte ich nichts ableiten, denn er blieb lange Zeit stumm. Offenbar machte ihm »Silvia« gerade eine kleine Szene, sie hatte die Absage vorhin wohl doch nicht so »logger« genommen, wie er sich das eingeredet hatte. Auf meinen fragenden Blick hin drückte er mir völlig überraschend das Telefon mit den Worten in die Hand: »Sag du's ihr.«

»Hallo«, stotterte ich überrascht in den Lautsprecher. Am anderen Ende teilte mir besagte »Silvia« in breitestem Kölsch mit, dass sie keinen Wert mehr auf unseren Besuch lege. Und wir uns so ziemlich überall hin scheren könnten, nur nicht zu ihrer Wohnung. Dann legte sie auf. Ich reichte »Marco« sein Handy zurück. »Ich schätze, du hast jetzt ein Problem.«

Doch er blieb bei seiner Version und bestritt weiterhin jede Bindungsabsicht »Silvia« gegenüber. Im festen Bemühen, sich nicht auch noch das Stelldichein mit mir entgehen zu lassen, drängte er nun dazu, endlich meine Wohnung aufzusuchen. Wenige Minuten später machten wir es uns auf meinem Sofa bequem. Es dauerte nicht lange, da hatten wir das Geschehene verdrängt und widmeten uns nur noch unseren niedrigsten Bedürfnissen. Alsbald lagen wir im Bett und es stellte sich heraus, dass der Junge nicht nur mit seinem Schwanz, sondern auch mit dem Kondom hervorragend umgehen konnte.

Gerade bei Männern, die regelmäßig Sexdates haben, stellte ich immer wieder fest, dass *safe* eine absolut selbstverständliche Sache war. So kann man fast sagen, dass die Sicherheit mit der Zahl der Sexpartner proportional steigt. Wir vergnügten uns also eine Weile auf völlig sicherem Terrain und ich war nun doch froh, den sächsischen Ritter für mich allein zu haben. Wir wechselten die Positionen und alsbald auch das eine oder andere Wort. Schnell fielen wir in einen Dirty Talk, der absolut prickelnd hätte sein können, wenn da nicht die lästige Sprachfärbung gewesen wäre.

Er: »Gleich spritz ich.«

Ich: »Ja, ja, spritz. Spritz auf mich drauf.«

Er (ambitioniert): »Soll ich auf dich draufspritzen? Ja?«

Ich (flehentlich): »Ja, ja, ja! Spritz!«

Er: »Ja? Soll ich spritzen? Willste die gonsse Sohne?«

Ich (Gesicht tief im Kissen): »Hmpfz.«

Er (spritzt und stöhnt): »Da hoste die gonsse Sohne.«

Ich (bebend vor Lachen, immer noch fest ins Kissen getaucht): »Hmpfz.«

Anschließend lagen wir nebeneinander, erschöpft, glücklich, ich immer noch mit abgewandtem, verknautschtem Gesicht. Als ich wieder einen klaren Gedanken fassen konnte, beschloss ich still eine fünfte Regel: kein Mann mit Dialekt. Auf jeden Fall mit keinem sächsischen.

Anschließend hatte »Marco« es recht eilig aufzubrechen, ich vermute, er wollte seinen stürzenden Aktienkurs bei »Silva« aufhalten. Oder hatte er doch gemerkt, dass ich mich leise über ihn lustig gemacht hatte? Ich habe es nie erfahren, denn ich habe nie wieder etwas von ihm gehört.

Deep Throat. Da schluckst du

Zwei Tage später saß ich »Pit« gegenüber im Bahnhofscafé. Er hatte einen Schwanz von der Größe einer Bierdose. Nicht die handelsüblichen 0,3 Liter, sondern eine dieser großen, ich weiß aktuell nicht, welche Flüssigkeitsmenge die fassen, denn allein der Gedanke daran verflüssigt mein Gehirn. Den Größenvergleich stellte »Pit« ganz einfach per Beweisfoto her.

Als ich das Foto sah, musste ich zunächst schlucken. Und war hin- und hergerissen. Einerseits war ich begierig darauf, mich auf dieses Prachtstück zu setzen. Auf der anderen Seite fragte ich mich, was für ein Typ wohl auf die Idee kam, so ein prolliges Foto zu schießen: erigierter Schwanz neben Bierdose (der großen).

Wie sich herausstellte, war »Pit« Kinderbuchautor. Kein Witz. Vielleicht kam daher seine Veranlagung, Tatsachen möglichst einfach und bildhaft darzustellen. Kinderbuchautor war mir jedoch wesentlich lieber als Erwachsenenautor. Nicht, dass er mich nur für Recherchezwecke bumste und während des Koitus schon an seinem nächsten Romankapitel feilte. Am Telefon verstanden wir uns auf Anhieb und vereinbarten gleich ein Treffen. Ein Stehcafé am Bahnhof schien mir der adäquate Treffpunkt für ein Stelldichein mit dem Mann mit der Dose, wie ich »Pit« fortan nannte. »Pit« hatte wenig mit der Vorstellung gemein, die man sich landläufig von einem Autor macht. Vom Körperbau her wirkte er eher wie ein kerngesunder Handwerker, der sich den lieben langen Tag an der frischen Luft aufhielt. Vom Gemüt her war er jedoch sensibel. Bevor er den ersten Schluck aus der Billigporzellantasse nahm, ließ er den Blick durch den Raum schweifen. Ein paar gehetzte Reisende und Stammgäste, die hofften, einer vergäße sein Portemonnaie. »Ein typischer Unort«, bemerkte »Pit«, »man hält sich hier auf, um weiterzureisen.«

Ein Satz, der darauf abzielte, ihn zu hinterfragen. Ich tat daher so, als hätte ich nichts gehört. Geistiger Austausch wirkte auf mich immer antiaphrodisierend. Das landläufige Motto »Dumm fickt gut« habe ich für mich umgewandelt in »Geil fickt gut«. Leider ist meine Erfahrung, das intellektualisierte Männer nicht wirklich zu ihrer Geilheit stehen. Was ungut für den Sex ist. Ich konzentrierte mich lieber auf das Talent in seiner Hose und fragte: »Wollen wir los?« Er sah mich irritiert an, horchte in sich hinein und fuhr dann fort: »Im Grunde ist so ein Schreibtisch genauso ein Unort. Man verbringt viel Zeit dort, nur um gedanklich ganz woanders zu sein.« Ich seufzte lautlos und hoffte, dass er nicht auch noch das Bett zum Unort deklarieren würde und ich wieder unverrichteter Dinge nach Hause gehen müsste.

»Eigentlich ist man nur sehr selten gleichzeitig mit dem Kopf und mit dem Körper am selben Ort.« Ich fasste nach seiner Hand. »Beim Sex schon«, raunte ich ihm zu und musterte sein Gesicht. Ich befürchtete schon, ihn erschreckt zu haben, denn ein Unbehagen gewitterte durch sein Gesicht. Wie gesagt, intellektualisierte Männer lassen sich nicht gerne beim Schopf der Geilheit packen. Aber mir war ein rasches Ende lieber, als mich als Vorspiel durchs Leben philosophieren zu müssen. Doch dann wurde seine Miene weich. »Wo?«, fragte er und an einem Funkeln in seinem Augenwinkel konnte ich erkennen, dass dieser Mann ganz und gar zu seiner Geilheit stand.

Ich schlug ein billiges Hotel vor, das um die Ecke lag. Besser eine Absteige als wieder die krude Nüchternheit eines Businesshotels. »Pit« runzelte die Stirn. »Da gibt's noch ein Problem.« Ich stöhnte innerlich auf. War er sich zu fein? Brauchte er ein bestimmtes »inspirierendes Ambiente«? Er brauchte Kondome. »Ich habe welche«, beeilte ich mich, ihm zu versichern. Doch »Pit« winkte ab: »Kondome in Normalgröße passen mir nicht ...«

Ich seufzte innerlich vor Vorfreude. Es gab wahrlich Schlimmeres, als für einen XXL-Mann Kondome in Sondergröße zu besorgen. Auf dem Bahnhofsplatz befand sich der Sexshop, in dem ich meinen Vibrator erstanden hatte. An der Kasse stand wieder der Kerl, der mir die Hochleistungsbatterien hatte andrehen wollen, und schwätzte mit einem Kumpel. Als wir eintraten, unterbrachen sie ihr Gespräch und musterten uns neugierig. Erst »Pit«, dann mich, dann wieder »Pit«. Welche Art Erzeugnis würden wir in ihrem Geschäft wohl erstehen? Ha, dachte ich nur, wenn ihr wüsstet, was für einen Hochleistungskerl ich hier an der Angel habe ...

»Pit« ging nun zur Kasse und deutete auf Päckchen, die im Regal hinter dem Kassierer standen. »Einmal die Gelben bitte«, verlangte er ganz bescheiden. Ich muss gestehen, seine Zurückhaltung beeindruckte mich. Jeder andere hätte so laut wie möglich durch den Laden gerufen: »Einmal XXL-Kondome – die größten, die Sie haben.« Aber wahre Größe, so schien es, braucht keine lauten Töne. Der Kassierer reichte ihm das gewünschte gelbe Päckchen, und ich fragte mich, ob der Hersteller für diese Größe mit Absicht die Farbe des Neids gewählt hatte. Nachdem »Pit« gezahlt hatte, zwinkerte ich den beiden Typen zum Abschied fröhlich zu. Dann verließen wir den Laden. Gleich um die Ecke befand sich das Hotel, das den Namen nicht verdiente. Es war die Art Absteige, in der bereits der Teppich am Eingang vor Spermien nur so wimmelt. Eine Rezeptionistin mit strähnigem Haar und einem gut durchgearbeiteten Kaugummi händigte uns den Schlüssel aus und wenige Minuten später betraten wir unser Zimmer. Im Schlafzimmer befanden sich ein Doppelbett und ein Spiegel. Der Autor sah sich um. Ich hoffte inständig, dass ihm nicht irgendwelche Hygienebedenken kamen. »Hier sollte man einen Film drehen«, meinte er dann. Ich begann ihn auszuziehen. »Bloß nicht«, flüsterte ich ihm zu. Das Vorspiel war die reinste Vorfreude. Er hatte nicht die geringsten Hygiene- noch sonst welche Bedenken. Das sah ich an der Größe, die zugegebenermaßen immer beeindruckender wurde. So beeindruckend, dass ich, nachdem das Vorspiel durch Überstreifen der Latexstulpen in Übergröße offiziell beendet war, doch etwas nervös wurde. Bisher hatte ich in Anbetracht der Dosengröße ausschließlich an meine Lust gedacht. Aber gar nicht, ob ich die physischen Voraussetzungen dafür auch mitbrachte. Vielleicht hätte ich mich mit einer Plastikwasserflasche entsprechend vorbereiten sollen? Fast sehnsüchtig dachte ich jetzt an den Gangschaltungsvibrator.

»Pit« forderte mich zunächst auf, mich auf ihn zu setzen. Keine Chance. Denn selbst bei normalen Schwänzen komme ich in dieser Stellung schon an mein Limit. Von hinten gelang allenfalls eine sanfte Berührung von außen. Auch in der Missionarsstellung ging nichts. Ich fiel vom Glauben ab. Scheinbar galt beim Sex Ähnliches wie beim Alkohol. »Kenn dein Limit.« Ich hatte meines offenbar überschätzt und entschuldigte mich nun wortreich dafür. Er nahm es jedoch einigermaßen gefasst. Wahrscheinlich waren seine bevorzugte Zielgruppe Frauen, die mehrfach geboren hatten. Doch ich wollte dieses Prachtexemplar nicht unbefriedigt nach Hause gehen lassen. Mich gelüstete nach dem Aufstellen eines neuen persönlichen Rekordes. Ich weiß nicht, ob es daran lag, dass der stramme Schwanz so appetitlich aussah, oder daran, dass ich kürzlich auf der Berlinale den Film über Linda Lovelace gesehen hatte, die Erfinderin des Deep Throat. Mit dem gleichnamigen Film von 1972 schrieb die ambitionierte Darstellerin Filmgeschichte. Oder sollte ich sagen, Bettgeschichte? Denn in diesem Streifen führte uns die Darstellerin anschaulich vor, dass Liebe, bevor sie durch den Magen geht, tief in die Kehle muss. Und zwar sehr tief.

Wer bis dahin gedacht hatte, beim Blasen sei es allein mit Zungenfertigkeit und Lippenbekenntnissen getan, wurde eines Besseren belehrt. Linda Lovelace hatte dem Blowjob die Unschuld genommen. Heute ist der Kehlfick ja angesagter denn je. Kein Porno kommt ohne diese Demonstration weiblichen Überwindungsgeschicks aus. Drin soll er sein. Die Lippen am Schaft, die Augen quellen fast raus. Bizarrer Gesichtsausdruck. Männer finden das geil.

Als »Pit« nun mit sanfter Hand meinen Kopf Richtung Gürtellinie lenkte, stellte ich mir die bange Frage: ganz rein oder nicht ganz rein. Ich fand, der Kerl hatte einen Versuch verdient und es ging erstaunlich leicht. Dazu muss ich sagen, dass ich eine gewisse Freude an dieser Technik habe. Ich würde zwar nicht so weit gehen, das Gaumenzäpfchen als den neuen G-Spot zu bezeichnen, aber Deep Throat hat was. Ich nahm die Angelegenheit also in den Mund, wohl wissend, dass andere meiner Öffnungen hierzu nicht in der Lage waren. Auch ihm schien es zu gefallen. Ich hatte sogar das Gefühl, mein Mund weite sich. Oder schrumpfte sein Edelteil? Ich hielt erstaunt inne. Was war passiert? Waren meine Bemühungen so dilettantisch? Doch der Zusammenfall war nicht mehr aufzuhalten. »Was ist los?«, fragte ich erstaunt.

»Ich bin gekommen«, gab er genauso erstaunt zurück. »Hast du das nicht bemerkt?«

Ich schluckte. Nein. Okay, vorhin hatte ich einen Hauch von Spermageschmack wahrgenommen, aber geglaubt, dass es eine Einbildung gewesen war.

Im selben Moment, in dem mir klar wurde, dass Schlucken ganz ohne Schlucken möglich war, wurde mir gleichzeitig auf einleuchtende Weise das Prinzip des Direkteinspritzers deutlich. Und ich meinte zu verstehen, woher Rudolf Diesel seine Inspiration genommen hatte, der kleine Versaute. War etwa Madame Diesel die wahre Linda Lovelace? Aber genug von den Untiefen der Schluckkultur. Wir waren nun beide zufrieden, daher entließ ich den Autor an seinen Schreibtisch und besorgte mir am Bahnhof für meine aufgesprungenen Lippen einen Lippenbalsam.

Rollenspiele. Oscar für die beste männliche Nebenrolle

SuperDoc« brachte zwar nicht solch eine anatomische Außerordentlichkeit mit wie sein Vorgänger »Pit«, dafür aber jede Menge anatomisches Detailwissen. Daher nahm ich an, dass er Arzt war, doch im Gespräch stellte sich heraus, dass er nur Hobbygyn war. Wir tauschten uns im Chat so intensiv aus, dass in mir die Idee für ein kleines Rollenspiel reifte. Bisher hatte ich immer gedacht, ich bräuchte das nicht: in eine Rolle schlüpfen, um mich ausleben zu können. Aber mein Datingspeiseplan konnte durchaus etwas Abwechslung vertragen. Als Austragungsort wählte ich das gleiche Hotel, in das ich schon »Pit« geschleppt hatte, diesmal allerdings ein anderes Zimmer. Das merkte man jedoch gar nicht. Meine Theaterpremiere, bei der ich mein schauspielerisches Talent unter Beweis stellen wollte, nannte ich insgeheim »Der Doktor und das liebe Vieh«. »SuperDoc« wusste nichts von meinen Plänen, registrierte nur den kleinen Beutel, den ich in der Hand trug. Ich untersuchte das Zimmer auf eine Minibar, natürlich ohne Erfolg. »Soll ich uns was besorgen?«, bot »SuperDoc« an.

Ich nickte. Nicht, dass ich mein Lampenfieber hätte wegtrinken müssen. Aber während mein Begleiter draußen war, konnte ich mich in aller Ruhe in mein Bühnenoutfit werfen: ein Mieder, das auf dem Rücken kreuzweise sexy geschnürt war, karamellfarbene Netzstrümpfe und hochhackige Silbersandalen. Kein Höschen. Das gehörte zu meinem versauten Rollenspiel. Als »SuperDoc« zurückkam, trat ich verschämt aus dem Bad. Er musterte mich mit funkelnden Augen. Was er sah, gefiel ihm ganz offensichtlich, verwirrte ihn aber auch ein wenig.

»Ich sollte mich ja freimachen … untenherum«, erklärte ich nun mit unschuldigem Patientinnenaugenaufschlag. »SuperDoc« stellte die Flasche ab und begriff intuitiv, dass hier von ihm die Rolle »geiler Gyn« gefragt war. Behände fand er sich in seinen Part ein. Zuerst unterzog er meine Brust einer eingehenden Untersuchung. Nachdem er sich von der totalen Abwesenheit von Hängebusen überzeugt hatte, bat er mich ganz höflich, mich in die Steinschnittlage zu begeben – sie wissen schon …

Ich tat wie geheißen. In Ermangelung von Instrumentarium untersuchte er mich mit seinen Händen. Er war ein hervorragender Mitspieler, den ich sofort als Preisträger für die beste männliche Nebenrolle nominierte. Ich entdeckte an mir eine bisher unbekannte Begeisterung für diese klinische Art des Vorspiels und wurde so hemmungslos geil, dass mich der Onkel Doktor in jeder Hinsicht rannehmen konnte. Das ohnehin schon angeschlagene Bett wurde daher einer harten Belastungsprobe unterzogen.

Im Nachhinein kann ich sagen, dass dies die geilste ärztliche Untersuchung war, die ich je hatte, und eine, aus der ich gesünder hervorging als je zuvor. Einen Mann wie diesen traf man nicht alle Tage, Gott sei Dank, muss ich dabei betonen, denn sonst wäre meine Muschi bald reif für den richtigen Doktor.

Nachdem »SuperDoc« mich vor meiner Wohnungstür abgesetzt und sich verabschiedet hatte, stürzte ich in meine Wohnung, warf den Rechner an und loggte mich sofort bei Wikipop ein. Ganz zu Recht wird die Wollust als Todsünde bezeichnet. Denn toller Sex hat zur Folge, dass man immer mehr davon möchte. Das, was man landläufig unter Befriedigung versteht, kannte ich nicht. Bei mir verlangte viel nach mehr. Und im Internet bekam ich das entsprechende Futter. Hinter jedem Profil lauerte der Kick einer neuen Begegnung. Die Hoffnung auf den alles vernichtenden Orgasmus, der die Welt aus den Angeln hebt. Warum räumen wir Sex nur immer diese lebensverändernde Option ein? Ist das immer noch der Instinkt, der Schrei der Natur nach Fortpflanzung, bei der Sex ja durchaus eine lebensverändernde Wirkung hat? Sex ohne die mögliche Einlösung eines neuen Lebens bleibt jedoch stets ein unerfülltes Versprechen und man verharrt im Hamsterrad der Illusion. Erst viel später sollte ich feststellen, dass man mit allem anderen sein Leben verändern kann. Nur nicht mit Sex.

Aber vorerst wilderte ich noch durch meine Kontakte, ein weiblicher Endorphinjunkie mit erotischer Ausprägung. Der Gedanke, am nächsten Tag ohne Sex zu sein, war für mich unerträglich. Ein User, den ich bereits kannte, war gerade online und gewillt, mich am nächsten Tag spontan zu treffen. Habe ich bereits erwähnt, dass ich diese Art von Spontanität bei Männern besonders schätze?

»Puschkin« hatte ich bereits kennengelernt. Zusammen mit »Merlin«. Denn ich hatte es mir angewöhnt, bei Treffen mit Unbekannten »Merlin« mitzunehmen. Sozusagen als Orgasmusversicherung. So hatte ich immer einen zuverlässigen Begleiter, wenn sich das neue Date als Flop herausstellte. Allerdings passierte das nur selten, denn »Merlin« hatte eine so kumpelige Art, mit Männern umzugehen, dass auch unsichere Kandidaten schnell locker wurden und über sich hinauswuchsen.

Das Prinzip »der dritte Mann«, wie ich es heimlich nannte, war ein voller Erfolg. Ich hatte sozusagen eine Frischfleischflatrate (versuchen Sie das mal auszusprechen, wenn Sie betrunken sind), bei der ich niemals unzufrieden nach Hause ging.

»Puschkin« hatte sich schon beim letzten Treffen als guter Fang erwiesen und für ein Einzeltreffen qualifiziert. Er besaß Erfahrung und war von der Natur aus bestens ausgestattet. Er hatte versprochen, nach der Arbeit um halb vier bei mir zu sein. Pünktlich um drei Uhr war er da. Guter Sex kennt eben keinen Aufschub. Ich hatte extra einen halben Tag freigenommen. Kaum war er angekommen, lagen wir auch schon im Bett. Wir knutschten und ich konnte mich erneut davon überzeugen, welch enormes Entwicklungspotenzial sein Fortpflanzungsorgan hatte. Vielleicht sollte ich »Puschkin« mal als Modell zu meinem schwulen Lieblingsdesigner schicken, der neuerdings Sofakissen mit gestickten Penissen verzierte. Doch vorerst würde ich diesen Mann nicht fortlassen. Nicht, bevor er seinen Dienst an meinem Körper getan hatte. »Puschkin« machte sich gerade an den Vollzug, da geschah etwas, das mich zutiefst erschreckte und mich schwach an die Situation mit »Amigo« und kürzlich mit »Pit« erinnerte. Wieder GING ER NICHT HINEIN. Obwohl rein anatomisch überhaupt nichts dagegensprach. Kein imaginäres Jungfernhäutchen oder verhärtete Spinnenweben, die der Sache im Weg standen. Ich hatte einfach nur gemeine Schmerzen. Das Eindringen tat höllisch weh. Fieberhaft fahndete ich nach möglichen Ursachen. Eine Krankheit schied aus. Ich hatte niemals Sex ohne Kondom gehabt. Eine plötzliche Latexallergie? Oder hatte meine Muschi ein Burn-out-Syndrom? Wegen Überfüllung geschlossen wie die In-Disco samstagmorgens um fünf Uhr? Vermutlich war mein Körper dem erhöhten Verkehrsaufkommen, das ich ihm zumutete, einfach nicht mehr gewachsen. Immerhin handelte es sich um das dritte Date in rascher Folge. Das war für meinen Unterleib so viel wie die Tour de France, ausschließlich Bergetappe. *Rien ne va plus.*

Leider musste ich meinem stolzen Kavalier nun klarmachen, dass der Laden für heute geschlossen war. Es war mir peinlich. So ungefähr musste sich ein Mann fühlen, wenn sein Körper ihm den Blutfluss versagte. Doch »Puschkin« zeigte sich verständnisvoll und als guter Verlierer. Nachdem wir uns befriedigend oral und manuell miteinander auseinandergesetzt hatten, verabschiedete ich ihn an der Tür. »Nächstes Mal wird's wieder rammeliger«, versprach ich und hoffte damit, ihn mir warm zu halten.

Nachdem er gegangen war, setzte ich mich an den Rechner. Wenn ich schon für echten Sex nicht mehr zu gebrauchen war, konnte ich mich ja eine Runde virtuell vergnügen. Zu meiner großen Freude war »Don« endlich mal wieder online.

»Wie geht's dir?«

»Meine Muschi muss zur Kur.«

»Was ist passiert?«

»Drei Dates in fünf Tagen.«

»Ist Sex jetzt eine neue olympische Disziplin?«

»Ja, und ich habe Gold, Silber und Bronze gewonnen.«

Männer. Machen das Beste aus ihrem Typ

Beim Chatten mit »Don« war mir klar geworden, dass ich es gehörig übertrieben hatte. Jahrzehntelang hatte meine Muschi brachgelegen wie ein stillgelegter Salzstock und jetzt betrieb ich Sexdating wie einen erotischen Spitzensport. Die Liste meiner Partner passte inzwischen auf kein DIN-A4-Blatt mehr, und ich habe keine besonders raumgreifende Handschrift. Kein Wunder, dass mein Unterleib streikte. Um dem Ruf meines Körpers nach Ruhe nachzukommen, beschloss ich, mich eine Weile aus dem Verkehr zu ziehen. Im Geiste ließ ich während einiger Tage die Männer an mir vorbeiziehen. Diejenigen, die mir horizontale Gesellschaft geleistet hatten. Und jene, bei denen es beim Schriftverkehr geblieben war. Ein Heer von spitzen Reitern galoppierte an mir vorbei. Es waren beschämend viele. Dennoch, so fiel mir jetzt auf, konnte man sie in wenige Gruppen aufteilen. Hier meine einzigartige, völlig unrepräsentative Männertypologie:

Typ 1: Der Ego-Shooter

Frei nach dem Motto »Mein Schwanz ist mein Zentrum« unterliegt er dem Irrtum, allein der Anblick seines erigierten Penis müsse eine Frau schon derartig in Ekstase versetzen, dass sie den Beischlaf komplett selbst in die Hand nimmt. Oder in den Mund. Seine bevorzugte Position: liegend oder sitzend, die Hände hinter dem Kopf verschränkt, während die Frau ihn reitet. Wundert sich hinterher, dass frau nie wieder anruft, wo er doch so toll war.

Typ 2: Der »Verwöhner«

Bevorzugtes Einsatzwerkzeug: Hände und Zunge. Gilt als der Frauenfreund unter den Aufreißern, da er sich den weiblichen Orgasmus zur Lebensaufgabe gemacht hat. Doch Vorsicht: Hinter dem vermeintlichen Altruismus verbirgt sich reiner Pragmatismus. Denn meiner Meinung nach macht dieser Durch-und-durch-Softie einfach aus der Not eine Tugend. Oder anders gesagt: Er kann einfach nicht anders.

Typ 3: Der Degenerierte

Fühlt sich von Frauen allein nicht mehr erregt, entwickelt daher einen Fetisch. Ganz nach Belieben ist dies eine Verkleidung in Latex oder Leder, Peitsche, Stilettos, Nylons, Füße, Schuhe, Zuschauer oder Männer, die seine Frau für ihn ficken. Womit wir wieder beim Cuckold wären. Und dann gibt es noch jene, die es anmacht, wenn eine Frau von Pferden, Hunden ... aber na ja, lassen wir das.

Typ 4: Too nice to fuck

Nett, gut aussehend, respektabel. Der Mann, den unsere Mutter für uns ausgesucht hätte und bei dem wir Frauen uns sofort an unsere gute Erziehung erinnern. Er nimmt uns nicht nur den Mantel ab, er verknotet auch das Kondom, bevor er es in den Müll entsorgt (nicht in die Toilette). Er ist wohlerzogen und kann gut zuhören. Für alles zu haben. Aber zum Ficken wollen wir ihn nicht. Wir würden uns nämlich eher die Zunge abbeißen, als ihm unsere geheimen, versauten Fantasien anzuvertrauen. Obwohl er dafür bestimmt auch größtes Verständnis hätte.

Poppen light

In den nächsten Tagen hatte ich nicht nur unfreiwillig dem Ruf meines Körpers nach Enthaltsamkeit zu folgen, sondern auch dem unerbittlichen Ruf meines Arbeitgebers. Die Halbjahresbilanzen fielen für mich und mein Team nämlich verheerend aus. Analysen hatten gezeigt, dass die Produkte, für deren Vermarktung ich verantwortlich war, in mehreren Märkten abgestürzt und sogar aus den Verkaufsregalen gedrängt worden waren. Die Geschäftsführer der Mutterkompanie kamen daher eigens aus den USA angereist, um sich die Gründe hierfür erklären zu lassen. In endlosen Meetings musste ich nun die Verkaufszahlen und die Vermarktungsaktivitäten darlegen. Nächtelang bereitete ich dafür die entsprechenden Zahlen auf. Herrje, dachte ich dabei. Als ob die Welt untergeht, wenn zwei Regale mehr oder weniger Deodorants der Duftrichtung Amber, Rose und Musk verkauft werden.

Viel mehr beschäftigte mich natürlich weiterhin die Tatsache, dass meine Geschlechtsteile gegen meinen erklärten Willen ihren Dienst versagten. Endlich mal hatte ich Spaß im Leben und was passierte? Meine von der Natur dafür vorgesehenen Organe spielten nicht mit. Warum gönnten sie mir nicht den Spaß? Zugegeben, bei genauerem Hinsehen ist schneller Sex Schwerstarbeit für die Seele. Die Überwindung der natürlichen Kluft zwischen zwei Fremden, die ja schließlich den Kick bei der Sache ausmacht, war eine Kraftanstrengung, die mich jedes Mal mehr erschöpfte. Nur die Aussicht auf den nächsten Kick holte mich immer wieder aus dem Loch, in dem ich nach jedem Date zurückblieb. Nun hatte sich zur seelischen Erschöpfung auch noch die körperliche gesellt.

Nur wie sollte ich weitermachen? Einfach hingehen und mein Profil löschen? Zu einem solch radikalen Schnitt war ich nicht fähig. Nicht nur, dass damit ein elementarer Bestandteil meines sozialen Lebens einfach von der Bildfläche verschwunden wäre und ich damit einige lieb gewonnene Kontakte verlieren würde. Ich fürchtete auch, wenn ich den einen Teil meines Doppellebens aufgäbe, dass der dünne Faden, an dem mein Leben in Hamburg hing, ebenfalls riss und ich unaufhaltsam in den Abgrund stürzen würde.

Außerdem hatte ich überhaupt keine Lust, mich sexuell zur Ruhe zu setzen. So viele verlockende Abenteuer warteten darauf, von mir erlebt zu werden. Es gab eine ganze Reihe unbewältigter Punkte auf meiner imaginären Liste mit dem Titel »Things to do before I die«. Sadomaso, Gruppensex oder zum Beispiel das nette Paar, das mir geschrieben hatte und mir ein Treffen vorschlug: »Wir suchen eine tolle Frau wie dich für anregenden FFM.« Was sich liest wie das Kürzel eines Radiosenders, bezeichnet nichts anderes als die Dreieckskonstellation Frau, Frau, Mann. Die Variante ist, wie bereits erwähnt, bei Männern äußerst beliebt, bei mir jedoch weniger. Heiße Bispiele mit der zärtlichen Cousine Cunnilingus sind nicht wirklich mein Fall. Aber die Anwesenheit einer zweiten Frau stellte für mich eine gewisse Entlastung dar und war insofern vielleicht genau das Richtige, um im Moment den Schongang einzulegen. Poppen light, der kleine Happen für zwischendurch, der Spaß macht, aber nicht belastet. Ich schaltete sozusagen um von Überstunden auf Kurzarbeit.

Wir verabredeten uns daher zum Besuch eines Swingerclubs. Das Paar schlug ein Etablissement vor, das es bereits kannte. Ich stimmte in der Hoffnung zu, dass dies etwas anspruchsvoller sein würde als das Fickparadies, das ich bereits hatte kennenlernen dürfen. Der kleine Teufel in mir begann wieder zu frohlocken. Das Paar versprach meiner Muschi absolute Entlastung. Schließlich hatte ich nur einen halben Kerl zu befriedigen. Und wenn mich nach mehr verlangte, konnte ich mir im Club immer noch einen ganzen Typen aufreißen.

Am verabredeten Abend holten mich die beiden mit dem Wagen ab. Ich wartete an der Straßenecke. Als sie vorfuhren, setzte ich mich auf die Rückbank. Soweit ich das von meiner Position von hinten beurteilen konnte, waren die zwei ganz sympathisch. Sie war eine attraktive Blondine, während er meiner Meinung nach eher Modell Notlösung war. Die beiden hatten sich auf einer der zahmeren Datingplattformen kennengelernt und waren auch im wirklichen Leben ein Paar. Auf seine Initiative hin trafen sie nun auf Wikipop andere Paare zum Partnertausch.

»Du hast keinen Partner?«, fragten sie, nachdem sie ihre Geschichte erzählt hatten. Ich erklärte, dass wir berufsbedingt getrennt lebten und uns entsprechend gegenseitige Beinfreiheit gestatteten. Der Er des Paares war begeistert von diesem Arrangement. »Tolle Sache«, lobte er anerkennend und warf dabei einen Seitenblick auf seine Sie, die geradeaus zum Fenster hinausstarrte. Ich stimmte dem zu und begründete das Arrangement mit 20 Jahren Beziehung, in denen sich die Spannung erfahrungsgemäß ganz ordentlich abschliff. Gleich darauf biss ich mir auf die Lippen. Möglicherweise war das dem Paar gegenüber unsensibel gewesen.

»Wir kennen uns seit drei Monaten«, erzählte der Er und warf einen stolzen Blick auf die Blonde. »Und trotzdem gönnen wir uns Abwechslung.« Einem Blick der Blonden nach zu urteilen, ging dieses Verlangen eindeutig eher von ihm aus.

Wir wechselten nun das Thema und die beiden erzählten von dem Club, zu dem wir unterwegs waren. So, wie sie ihn beschrieben, hörte sich das Ganze moderner und zeitgemäßer an als das, was ich bisher kennengelernt hatte. Daraufhin weihte ich sie in meine Erfahrungen mit selbst errichteten Spielwiesen und dem Do-it-yourself-Darkroom ein. Lachend hielten wir schließlich vor dem Gebäude. Wieder befanden wir uns in einem Vorort, dies schien ein unausgesprochenes Diktat der Diskretion zu sein. Diesmal waren wir allerdings in einem Industriegebiet. Das Gebäude wirkte von außen wie eine Fitnessbude.

Dieser Eindruck setzte sich auch innen fort. Am Eingang des Clubs wurden wir begrüßt und bekamen den Schlüssel für unseren Spind ausgehändigt. In der Kabine, die aussah wie eine Umkleide im Schwimmbad, entledigten wir uns unserer Tageskleidung. Ich war darunter eher dezent sexy gekleidet, während die Frau sich in das typische Straps-Korsett-Geschirr geworfen hatte und wie eine Stute wirkte, die zum Anspannen fertig war. Sport-BH und Turnschuhe wären in diesem Ambiente eigentlich angemessener gewesen. Denn auch im Hauptraum setzte sich die Fitnessatmosphäre fort. Der Raum bestand aus einer riesigen Ebene, auf der statt der zu erwartenden Cardio- und Fitnessgeräte Betten und bettähnliche Plattformen verteilt standen. Hier räkelten sich bereits gelangweilt einige junge Paare. Längs des Raumes befand sich die Bar, an der man eher erwartete, eine Trinkflasche mit Proteinshake ausgehändigt zu bekommen als Alkoholika. Wir bestellten Sekt.

Der Abend stand offensichtlich unter einem Flatratemotto, von dem wir nichts wussten, denn das Publikum sah komplett nach Generation Flatrate aus. Flatratesaufen, Flatratetrainieren und jetzt eben Flatrateficken. McFick statt McFit, dichtete ich munter und erntete ein Grinsen des etwas betreten dreinschauenden Paares. Außerdem schien es irgendwo noch eine Flatrate für Tattoos zu geben, denn außer uns dreien war hier kein Körper ungestochen.

Lohnenswerte männliche Exemplare waren keine in Sicht, obwohl ich beim Umschauen immer wieder auf hungrige Augen traf. Dennoch war ich entschlossen, mir die Laune nicht verderben zu lassen, und hielt mich mit dem Billiggesöff bei Laune.

»Letztes Mal war hier ein ganz anderes Publikum«, entschuldigte sich die Blondine, während ihr Blick irritiert durch den Raum glitt. Sie wirkte, als wolle sie mitsamt ihrem Geschirr jederzeit durchgehen, der Mann und ich schirmten sie daher, so gut es ging, vor den Blicken der anderen Besucher ab.

Der zuckrige Sekt löste den beiden bald die Zunge, sodass sie mir ein paar Geschichten aus ihrem Erfahrungsschatz präsentierten. Offenbar hatten sie bereits mehrere andere Paare getroffen.

»Allerdings machen wir alles zu zweit«, beeilte sich die Frau zu erklären. »So in Eigenregie wie du ... das finde ich schon mutig.« Nun war ich ja nicht ganz freiwillig allein unterwegs, das verschwieg ich jedoch diskret. »Mir persönlich gibt das einen Kick«, erklärte ich stattdessen, woraufhin er deutlich nickte. Anscheinend konnte er meine Motivation bestens nachvollziehen. Als wolle er Vertrauen schaffen und mir durch einen Vorschuss an Information meine Abenteuer entlocken, fuhr er fort mit Geschichten von anderen Paaren. Ich erwartete, dass die Sie ab und zu einhakte, etwas ergänzte, ihre Sicht der Dinge darstellte, wie das gemeinhin bei Paaren üblich war. Doch ihr Blick ruhte nur schweigend auf ihm, der sich nun in Stimmung geredet hatte.

»Das Gefühl, wenn sich die Frauen zunächst gemeinsam erst um den einen, dann um den anderen Mann kümmern, ist einmalig«, offenbarte er, wobei seine Lippen vor Begehren troffen. Sein Gesicht drückte die Vorfreude auf das aus, was er sich unter uns dreien vorstellte. Abwarten, mein Lieber, dachte ich und ließ wieder meinen Blick über diesen Abenteuerspielplatz für Erwachsene gleiten. Etwa die Hälfte der zur Verfügung stehenden Betten war frei. »Wie wär's, wollen wir ...?«, schlug ich daher vor.

»Ja, lasst uns gehen«, seufzte die Dame erleichtert. Ich wies mit dem Kinn Richtung Bettstätten, doch die beiden tauschten einen Blick, dann entschied sie: »Nur in der Kabine.« Damit meinte sie einen abschließbaren Raum, in den sich zeigescheue Paare zurückziehen konnten. Mir war das recht. Im Club hatte ich eh noch niemanden ausgemacht, der mich auch nur ansatzweise interessiert hätte. Da konnte ich es genauso gut mit dem Paar hinter Schloss und Riegel treiben.

Wir steuerten also eine Tür an, hinter der der unschuldige Beobachter Duschräume vermuten mochte, sich jedoch ein breites Bett verbarg. Die Tür wurde auf Wunsch der Blonden verriegelt, dann begannen wir, uns zu dritt auf dem Bett zu wälzen, wobei ich mich auf eine eher zurückhaltende Rolle beschränkte und erst mal das Paar machen ließ. Nachdem ich eine Weile zugeschaut hatte, mischte ich mich zunehmend ins Geschehen ein. Dabei verstand ich es geschickt, mich so in Position zu bringen, dass ich wohl mit der Frau, dagegen nicht mit dem Mann in Berührung kam. Ich war froh, die Verantwortung für die Befriedigung des Mannes vollkommen seiner Partnerin überlassen zu können. Gab es eine attraktivere Variante des Jobsharings? Die Frau, die ich bislang als eher anpassungswillig erlebt hatte, erwies sich im Bett als Diva, die knallharte Bedingungen stellte. Formulierung wie Titten oder Muschi wurden glatt zensiert. Der Kerl hatte streng nach einer frauenfreundlichen Choreografie zu handeln, bumsen durfte er sie zwar ohne Kondom, aber dem schlaffen Ding hätte man auch mit äußerster Mühe kein Mützchen aufsetzen können. Sie hielt ihren Unterleib in einer Position, die verhindern sollte, dass er herausrutschte. Ich war wirklich erleichtert, dass mir derlei Beziehungsarbeit erspart blieb.

Auf dem Nachhauseweg führte wieder er das Wort. Diesmal war das Thema Lokalpolitik. Seine Begleiterin engagierte sich verbal nach Kräften, diesmal wieder in der zustimmenden Attitüde, die ich schon von der Herfahrt her kannte. Offenbar war sie bemüht, im Bett die helfende Hand und in der Politik die stützende Stimme zu sein.

Ich lehnte im Fond des Wagens und ließ die Lichter draußen an mir vorbeiziehen. War ich auch so? Richtete ich mein Leben unabsichtlich nach Paul aus, während mich leise der Schleier der Verbitterung einhüllte? Schnell wischte ich diesen Gedanken beiseite. Alles, was ich tat, tat ich in Eigenregie. Ich machte das für mich. Zumindest was den Sex anging.

Schwestern im Geiste … und auf der Matratze

Neben dem unangenehmen Gefühl, für einen Moment den Spiegel vorgehalten bekommen zu haben, nahm ich aus dem Date mit dem Paar noch ein anderes Gefühl mit. Ich war entschieden zu viel mit Männern zusammen. Mich dürstete nach weiblicher Gesellschaft. Mit anderen Worten, ich hatte das Bedürfnis, andere Frauen kennenzulernen. Dabei sind meine Bi-Neigungen nicht besonders ausgeprägt. Was ich im Kontakt mit anderen Frauen suchte, war weniger der Austausch von Körperflüssigkeiten als der von Erfahrung. Mit anderen Worten: Ich wollte quatschen.

Mich interessierte brennend, wie es den anderen Frauen auf dieser Seite erging. Was erlebten sie? Dieselbe Gier, den Frust, die Euphorie, die Enttäuschung? Außerdem realisierte ich mittlerweile, dass ich einsam war. Denn auch wenn ich von einem Date zum nächsten hetzte und bei meinen Horizontalaktivitäten jede Menge Menschen traf – im Prinzip war ich immer allein mit dem, was ich erlebt hatte. Mit wem sollte ich das auch teilen? Meinen Freunden und Kollegen aus der »normalen« Welt wollte und konnte ich Derartiges nicht zumuten. Auch mit Paul konnte ich nicht darüber reden, da hier zu befürchten stand, dass eine Art erotischer Wettstreit zwischen uns entbrennen würde. Nach dem Motto: höher, schneller, weiter.

Die Männer, die ich zum Sex traf, hatten zwar immer ein offenes Ohr für mich, aber die traf ich schließlich nicht zum Quatschen, sondern zum Poppen. Außerdem hatte ich ja bereits die Erfahrung gemacht, dass von männlicher Seite, sobald man einmal zu reden begann, alsbald eine ganze Redelawine zurückkam, deren Ansturm ich nicht gewachsen war. Und es auch gar nicht sein wollte.

Zu guter Letzt blieb natürlich noch »Don«. Er war ein guter Zuhörer und ich hatte ihm in finsterer Nacht schon die wildesten Dinge anvertraut. Aber er war letzten Endes nun mal ein Mann und ich war einfach neugierig, wie meine Geschlechtsgenossinnen sich in der Welt des verfügbaren Sex bewegten.

Wir freiwilligen Triebtäterinnen sind ja in gewisser Weise Pioniere. Es gibt kein Vorbild, keine gemeinsame Schutzheilige, an der wir uns orientieren könnten. Wir sind keine Luder oder Erbschleicherinnen, keine Pornostars und keine gesichtslosen Hausfrauenprostituierten. Wir tun es, aber eben nicht für Geld, sondern zum Spaß. Wer oder was sind wir? Idiotinnen, die Männern das umsonst geben, wofür sie sonst gerne viel Geld zahlen? Einfach Schlampen? Spermageile Lustmatratzen auf der Jagd nach Anerkennung und dem nächsten Orgasmus? Oder experimentierfreudige Frauen, die im Sex eine unkonventionelle Form zwischenmenschlicher Kommunikation sehen?

Ich wollte einfach wissen, wie andere Frauen mit ihrer Rolle umgingen. Kannten sie ein Geheimnis, von dem ich noch nichts wusste? Es gab so viele Gründe, in den Tiefen des Netzes nach Frauen zu fahnden, mit denen ich mich austauschen konnte. Daher machte ich mich auf die Suche und durchforstete meine Lieblingsseite gezielt auf der Suche nach weiblichen Mitstreiterinnen. Dabei stieß ich auf ganz erstaunliche Profile und Selbstdarstellungen. Die Frauen auf dieser Seite kannten ihren Marktwert und stellten daher entsprechende Bedingungen. Von dem Sex, den sie sich wünschten, hatten sie ganz bestimmte Vorstellungen.

»Ich bin verwöhnt, was die Qualität und die Schwanzgröße betrifft«, schrieb beispielsweise eine Userin. Eine andere formulierte es ähnlich: »Sexuell unausgefüllte Haus-/Ehefrau sucht gut bestückten und ausdauernden Mann für ausschließlich reale, erotische und vor allem befriedigende Treffen bei mir oder Swingerclub, Pornokino, Hotel!«

Eine Userin namens »Babydoll« wurde noch deutlicher: »Warum ich mir hier jemanden zum Ficken suche???? Na, weil ich hinterher immer NOCH besser aussehe. *lach*«

Ich blätterte weiter und stoppte bei »Marina«, bei der ich auf folgenden Text stieß: »Brave Mädchen machen's im Bett, böse überall.«

Ich dachte kurz an mein etwas turbulent verlaufenes Parkplatzerlebnis und fand, dass das Bett gar kein so schlechter Ort war.

Beim Weiterblättern durch die weiblichen Profile war ich überwältigt vom erstaunlichen Selbstbewusstsein, das die Frauen auf dieser Seite zur Schau trugen. Der übliche Fettpolster-Cellulite-Komplex, sonst bei Frauen quasi all inclusive mitgeliefert, war hier an keiner Stelle spürbar. Im Gegenteil. Was woanders als Mangel galt, wurde hier noch vorteilhaft in Szene gesetzt.

»Bin niveauvoll, frivol, mollig rund mit schöner Oberweite und reif. Du musst das sehr mögen, sonst habe ich kein Interesse. Auch wenn ich selbst sehr mollig bin, suche ich keinen molligen Mann, sorry!«

Für einen Moment hielt ich inne. Erst jetzt fiel mir auf: Auch ich hatte bei meinen Sexaktivitäten nie über körperliche Mängel nachgedacht. Ich war schlichtweg zu beschäftigt gewesen mit anderen Dingen. Die Organisation und ordnungsgemäße Durchführung meiner Treffen beanspruchten meine gesamte Aufmerksamkeit. Und beim Sex konzentrierte ich mich lieber auf die lustvollsten Stellungen als auf den Sitz meiner Frisur. Für das Nachsinnen über Gewebeschwäche oder verschmiertes Make-up war einfach keine Zeit. Ich musste schmunzeln. Vor wenigen Monaten hatte ich mich noch als erotisches Auslaufmodell gesehen. Scheinbar hatte Sex doch eine verjüngende Wirkung.

Ich blättere weiter und stieß auf die große Anzahl Frauen, die Sex und Erotik gezielt einsetzten, um an den geeigneten Beziehungspartner zu kommen.

»Ich suche hier eine neue Affäre, denn die alte hat sich verabschiedet«, schrieb eine Userin, die sich in verschiedener Form über die Treulosigkeit der Männer ausließ.

Eine andere bekannte: »Ich suche eine Freundschaft und mehr! Keine Kerle, die das Kennenlernen bei einem Kaffee überspringen und sofort in die Kiste hüpfen wollen. ONS und Quartalsdates keine Chance. Mit Vertrautheit sind viel mehr schöne Dinge möglich!!!!«

Dem konnte ich nicht unbedingt zustimmen. Meine Erfahrungen hatten gezeigt, dass beim anonymen Sex das Sprichwort gilt: Alle guten Dinge sind drei. Nach drei Dates hat sich in der Regel der Kick des Neuen verbraucht. Man hat alles durchprobiert, was möglich ist und was Spaß macht. Und haben Männer einmal herausgefunden, was Frau Spaß macht, drücken sie sowieso immer dieselben Knöpfe. Selbst der aufregendste Sex verkommt dann zur Routine. Sex ohne Gefühle ist eben nur noch eine Sportart mit erhöhtem hygienischen Aufwand – total unaufregend.

Andere Männer glaubten, nach mehreren Treffen so eine Art Beziehung vortäuschen zu müssen. Und verlagerten ihre Aktivitäten vom Vögeln aufs Reden. Für mich der Grund, schnell umzusatteln. Oder um eine Userin namens »Melli« zu zitieren: »Männer reden gerne von regelmäßigen Treffs. Dabei überlege ich mir schon oft beim zweiten Ficken, wie ich den Kerl wieder loswerde, damit ich mir den ganzen Müll über seine Arbeit, sein Haus, sein Auto nicht anhören muss.«

Dieser Eintrag bestätigte mich in meiner Tendenz zum häufigen Partnerwechsel. Mit Unverständnis dagegen reagierte ich auf Frauen, die diese Seite zur ernsthaften Partnersuche nutzten.

»Meinen Körper bekommt nur derjenige, der auch meine Seele will«, schrieb »JackyO.« auf ihrem Profil. Vermutlich versprachen sich die Frauen bei dem großen Männerüberschuss auf dieser Seite eine höhere Trefferquote. Ich jedoch bin der Ansicht, dass es ein Denkfehler ist, auf einer Fickseite die große Liebe zu suchen. Der Grund ist wieder in der vereinfachten männlichen Struktur zu finden. Männer sind meiner Meinung nach nicht flexibel genug, um »umzuswitchen«. Auf dieser Seite suchen sie schnellen Sex und sind im berühmt-berüchtigten Will-se-fick'n-Modus. Ich will gar nicht bestreiten, dass derselbe Kerl, der auf der einen Seite eine Frau mit ebenjenem Satz anschreibt, in der Lage sein kann, auf einer Seite für die richtige Partnersuche den intellektuell-romantischen Liebhaber zu geben. Dennoch halte ich es für wenig wahrscheinlich, dass ein Mann fähig ist, auf dieser Seite zur Romantik umzuswitchen.

Außerdem habe ich bereits festgestellt, dass Männer, einmal angefixt vom Kick des Spontansex, für eine Beziehung für immer verdorben sind. Ist das Tier, das tief drinnen nach Frischfleisch hungert, einmal geweckt, gibt es kein Zurück mehr. Und wer will solch einen Typen schon als Partner? Nur eine Frau, die von dieser Seite keine Ahnung hat. Interessanterweise hatte auch ich mich bisher in keinen meiner Partner verliebt. Die Produktion dieser sogenannten Bindungshormone war bei mir vermutlich gehemmt, oder ich hatte all mein

Bindungspotenzial schon in meiner Ehe ausgeschüttet. Auf Wikipop sicherte diese Erkenntnis mein Überleben. Denn hier herrschten nicht die Regeln einer sozialen Gesellschaft, sondern die der Wildnis. Wer das nicht akzeptieren konnte, hatte hier nichts zu suchen.

Für das Thema Beziehung war diese Seite also unbrauchbar, aber auch in puncto Vögeln lief allem Anschein nicht alles so reibungslos. Offenbar war ich nicht die einzige Frau, die die Erfahrung gemacht hatte, dass beim Mann der Appetit oft größer war als das tatsächliche Kauwerkzeug. Amüsiert las ich den Weisheitenkatalog einer gewissen »Lisa«.

»Angst vor selbstbewussten Frauen ist die Angst, ihr nicht zu genügen.«

»Online liebt MANN es absolut versaut und tabulos, aber wehe FRAU ist real offen und frivol, dann rennen die Kerle entweder vor Angst schreiend weg oder kriegen keinen hoch.«

Tja, »Männer sind keine Fickroboter«, hatte »Merlin« bei unserem Kennenlernen gesagt. Ich musste grinsen. »Dann verkauft euch auch nicht so«, war meine gnadenlose Antwort gewesen.

Seufzend blätterte ich weiter, obwohl ich die Hoffnung auf eine geeignete Redegefährtin schon fast aufgegeben hatte. Dabei stieß ich auf eine weitere wichtige Gruppe von weiblichen Suchenden. Es waren Frauen, die bereits einen Freund hatten. Und eine Frau suchten. Entweder, um nicht ausgelebte Bi-Fantasien zu verwirklichen, oder als dritte Spielgefährtin.

»Ich möchte meinen Freund zu seinem Geburtstag überraschen«, schrieb etwa eine gewisse »Trine«. War das wirklich auf ihrem Mist gewachsen, oder hatte der Kerl mit Liebesentzug gedroht, wenn die Frau nicht bald eine Zweite beschaffte? Ich erwähnte ja bereits FFM, den unangefochtenen Männertraum. Aber auch in diesen Frauen sah ich keine geeignete Gesprächspartnerin.

Dann landete ich bei »Saphire«, einer Frau Ende 30, die mich nicht nur interessierte, weil die Ausdrucksweise ein Mindestmaß an Intelligenz vermuten ließ, sondern auch, weil sie sich auf einem Feld bewegte, das mir völlig unbekannt war, mich aber neugierig machte: »Ich bin dominant und lebe das auch. Außerdem bin ich sadistisch veranlagt. Ein klitzekleines bisschen devot bin ich auch. Allerdings niemals masochistisch. Wenn du die Unterschiede nicht kennst, bitte mich gar nicht erst anschreiben.«

Ich gebe zu, dass auch ich nicht mit Klarheit definieren konnte, wovon diese Dame eigentlich sprach. *Shades of Grey*, der Weltbestseller, der eine ganze Hausfrauengeneration auf den Sadomasotrip schicken sollte, war da noch nicht erfunden. SM war damals etwas für eine sehr eingeweihte, exklusive Zielgruppe. Aber ich war mir sicher, dass Saphire mich bei Sympathie in die entsprechenden Feinheiten einweihen würde. Also schrieb ich die Dame an und lernte bald darauf eine Domina der Extraklasse kennen. Und eine ganz neue, dunkle Welt.

Sex vor Publikum: der Vorführeffekt

Eines Tages rief »Pit« mich überraschend an. Ich war erstaunt, als ich seinen Namen auf meinem Display erblickte. Immerhin war es damals nicht wirklich zum Vollzug gekommen und ich hatte mich seitdem nicht mehr gemeldet. Nun, »Pit«, der Kinderbuchautor, schien nicht nachtragend zu sein.

»Hattest du schon mal Sex vor Publikum?«, fragte er, nachdem er sich nach meinem Befinden erkundigt hatte. Obwohl ich nicht erwartet hatte, dass er mich zu einer Lesung einladen wollte, war ich überrumpelt. Ich musste nachdenken. Sex vor Publikum. Wenn man die wogenden Büsche am Badesee als Publikum anerkannte, dann Ja. »Nein«, antwortete ich dennoch. »Und du?«

»Auch nicht«, kam es zurück, »aber ich würde gern.«

Ich grinste. »Lass mich raten, mit wem.«

Ich hörte ihn förmlich durch die Telefonmuschel zurückgrinsen. Herrgott, war ich im ganzen Umkreis wirklich die einzig sexuell aktive Frau, die zu Experimenten bereit war? Und war ich dazu tatsächlich bereit?

Ich zögerte, denn »Pit« war mit seiner Antwort sicherlich ehrlich gewesen. Und meine Erfahrung zeigte, dass Männer in Situationen, die sie nicht kennen, überfordert und nicht in gewünschtem Maße einsatzfähig sind. Andererseits besaß er ein äußerst publikumswirksames Geschlechtsteil. Und wem schadete es schon, mich damit in aller Öffentlichkeit zu beschäftigen? »Tja, ich bin mir nicht sicher ...«, gab ich zurück. Hierbei ging es mir weniger um den gewagten Publikumsversuch als um »Pits« Übergrößenmaße. Er verstand ohne Worte.

»Du machst nur, was du willst. Keine Verpflichtungen ...« Guter Junge, dachte ich. Vermutlich war ich nicht die einzige Frau, die Probleme mit Übergrößen hatte. »An welchen Ort dachtest du?«

»Lustoase.« Mich durchfuhr ein Adrenalinstoß der Sonderklasse. Ausgerechnet der Ort meiner ersten Untaten. Beziehungsweise Nichttaten. Der Augenblick war gekommen, alles nachzuholen. »Okay, wann?«, schoss es schnell aus mir heraus, für meinen Geschmack unanständig entschlossen.

»Könnte in einer Stunde bei dir sein.«

»Gib mir zwei.« Habe ich bereits erwähnt, dass männliche Geilheit keinen Aufschub duldet?

Eine Rasur später saß ich neben ihm im Auto und wir steuerten geradewegs in Richtung Sündenpfuhl. »Was weißt du über Sadomaso?«, fragte ich ihn dabei. Es konnte ja nicht schaden, sich etwas auf das Gespräch mit »Saphire« vorzubereiten. Er fuhr eine Weile, ohne etwas zu sagen. Dann meinte er, während er mich misstrauisch von der Seite musterte: »Stehst du da drauf?«

»Ich weiß nicht«, gab ich zurück, »noch nie probiert.«

Er nickte, fast erleichtert. »Das ist für Leute, die keinen Spaß am normalen Sex haben.«

Nun konnte man das, was wir vorhatten, auch nicht gerade als normalen Sex bezeichnen, aber ich unterließ es, ihn darauf hinzuweisen.

»Ich kannte mal eine Frau, die wollte mich dazu bekehren«, erklärte er, als wir den Wagen parkten.

»Und?«, fragte ich zurück.

Er schaute durch die Windschutzscheibe auf das Logo der »Lustoase«. »Hat nicht funktioniert«, antwortete er schließlich. »Entweder man hat es, ober man hat es nicht.«

Mit diesen weisen Worten stieg er aus und wir betraten das Kino. Wieder ein filzig abgetretener Boden. Im Empfangsbereich ein paar Sex-Toys, da, wo im normalen Kino Popcorn angeboten wird, hinter der Scheibe eine junge Frau. »Wie viel kostet es?«, fragte »Pit« und wühlte in seiner Gesäßtasche.

»Paare umsonst«, lächelte die Dame zurück, so freundlich, als sei sie eine öffentlich-rechtliche Fernsehansagerin. Wir bekamen sogar noch eine Cola geschenkt. Ich saugte zaghaft an meinem Strohhalm, denn angesichts der bevorstehenden Aufgabe wurde mir nun doch etwas mulmig. Die Frau musste mein Zögern bemerkt haben, denn ungefragt sagte sie: »Die sind hier alle sehr nett.« Ich fühlte mich wie am ersten Schultag vor einer neuen Klasse, wenn die Lehrerin aufmunternde Worte an einen richtet. Wir folgten dem Gang und wurden von der Kinofinsternis verschlungen. Der Saal war halb voll, ich bemühte mich, keinen Blick aufzufangen, um meine Anonymität zu wahren. Natürlich war ich die Einzige im Raum, die die Augen gesenkt hielt. Alle anderen blickten auf mich. Es kam sofort eine gewisse hormonelle Unruhe auf.

An einer Seite des Raumes befand sich ein Sofa. Wir setzten uns dorthin und sahen zunächst den Film an. Übrigens waren wir die Einzigen, die dem Film jetzt noch Aufmerksamkeit schenkten. Zugegeben, er war auch schlechtester Qualität, geradezu beleidigend für die Pornoindustrie und jeden zahlenden Gast.

»Wir müssen uns beeilen«, murmelte »Pit« mir ins Ohr. »Wenn die merken, dass wir hier Action machen, dann benachrichtigen die sofort ihre Kumpels per Handy und der Saal platzt bald aus allen Nähten.«

So unerfahren schien mein Begleiter also gar nicht zu sein. Ich sah ihn fragend an, erwartete aber keine Erklärung, woher er das wusste. Wir begannen nun zu knutschen, und noch bevor er mir zum ersten Mal zwischen die Beine langte, streifte ich mein Kleid ab und saß schon in Unterwäsche und Stiefeln auf der Couch. Sofort näherten sich die Männer. »Pit« war feinfühlig genug, sie auf ihre Plätze zu verweisen, was sie auch alle brav befolgten. Ich verbot ihnen noch zusätzlich das Wichsen. Die Zuschauer sollten sich auf die Darbietung konzentrieren und sich erleichtern, wenn ich schon über alle Polster war.

Die Bemerkung der Frau an der Kasse erwies sich als völlig richtig. Die Männer waren ausgesprochen höflich, wohl aus Angst, wir könnten unser Schauspiel vorzeitig abbrechen. Wir veranstalteten verschiedene Oralspiele und trotz intensiven Einsatzes bemerkte ich, dass »Pit« nicht gelogen hatte. Ihm war diese Situation absolut neu und fremd. Wie ich das bemerkte? Sein Penis kam diesmal nicht über bundesdeutsche Normgröße hinaus. Ich ergriff die Gelegenheit sozusagen beim Schwanz und setzte ihn auf mich. Unter den Blicken der Menge kam er in einen angestrengten, mechanischen Rhythmus, an Größe gewann er – glücklicherweise – nichts dazu. Wir folgten der üblichen Choreografie, die unzählige Pornofilme uns vortanzten. Vorwärts, rückwärts, seitwärts. Abschließend mühte er sich per Handbetrieb einen kläglichen Strahl ab.

Auch ich muss zugeben, dass ich nicht recht in Stimmung kam. Unter so vielen Blicken ist es einfach verdammt schwierig, sozusagen »bei sich« zu bleiben und diese gewisse selbstvergessene Lust zu entwickeln, die das Ganze so geil macht. Sex vor Publikum ist nichts weiter als Show. Jedenfalls in meinem Fall. Nachdem wir geendet hatten, verließen wir das Lokal. Noch bevor wir das Auto bestiegen, näherte sich ein älterer Herr, der aus dem Kino kam und mit etwas in der Hand wedelte. Lieber Gott, lass es nicht mein Slip sein, betete ich.

Doch es war ein Fünfzig-Euro-Schein. Den hatten wir nicht verloren, sondern er bot ihn uns für eine weitere Privatshow an. Wir verzichteten jedoch auf den Zusatzverdienst, verließen das Viertel und fuhren in eine Bar. »Und, bist du auf den Geschmack gekommen?«, fragte ich zwischen zwei Schluck Whiskey Sour. Er schüttelte nur langsam den Kopf.

»Du?« Auch ich schüttelte den Kopf. »Ich glaube, ich bin weder exhibitionistisch noch voyeuristisch veranlagt«, sagte ich und erzählte von meinen Bemühungen im Swingerclub, mich durch diverse voyeuristische Versuche anzutörnen. Er stimmte mir zu und wiederholte, was er vorhin gesagt hatte. »Entweder man hat es, oder man hat es nicht.« Ich leerte mein Glas. Was SM betraf, war ich definitiv bereit, genau dies herauszufinden.

Sadomaso. Die Kunst der gezielten Reizüberflutung

Ich traf »Saphire« in einem Eiscafé, und obwohl es bereits Herbst war, ergossen sich die Strahlen der Sonne immer noch warm über uns. »Saphire« war Coach und Therapeutin. Wie praktisch, dachte ich. Dann gibt's zum Auspeitschen gleich die Therapie gratis dazu. Ihr Haar war blauschwarz gefärbt, eine Farbe, die ich aus Comics von der Figur Gundel Gaukelei her kannte. Trotz der Wärme trug sie Schwarz. Wir plauderten zunächst über missglückte Dates und empfahlen uns diejenigen Männer, die gut weggekommen waren. Doch natürlich stellte ich ihr bald schon Fragen zu ihrer Neigung. »Ich bin Latex-Fetisch«, erklärte sie. »Wir geben auch Shows bei Veranstaltungen und Partys«, fuhr sie fort, ohne genau zu definieren, wer »wir« eigentlich waren.

»Welche Art Darbietungen sind das?«, fragte ich neugierig und schleckte an meinem Schokoladeneis.

»Tanz mit SM-Szenen: Vorführen an Ketten, Fesseln, Auspeitschen mit einem Rosenstrauß.« Ich nickte und musste beim Eislecken auf einmal an die sächsische »Eisschoggolohde« denken. Puh, während ich mich in Mundart beschimpfen ließ, traten andere im Latexanzug vor Publikum auf und ließen sich öffentlich prügeln.

»Saphire« besaß für ihre Aktivitäten verschiedene Outfits und bot mir an, sie zu einem ihrer Einkauftrips zu begleiten. Doch ich winkte ab. Ich bevorzugte es, beim Sex nackt zu sein, und konnte immer noch nicht wirklich verstehen, was es mit dieser Maskerade auf sich hatte. Mein Gegenüber gab sich redlich Mühe, es mir zu erklären. Nach einer halben Stunde wusste ich Bescheid über die verschiedenen Fetischszenen.

Latex- und Gummifetischisten sind die Ästheten in der Fetischszene. Hier geht es um das Trage- oder Streichelgefühl des Latex, das den Körper an strategisch wichtigen Stellen – oder auch ganzflächig – umschließt. Für besseren Tragekomfort wird Öl verwendet. Dann gibt es eine gemischte Gruppe von Fetischisten jeder Art. Je nach Neigung ejakulieren die Betroffenen nur auf Nylon, Lack, Füße, Heels oder sonstige bevorzugte Materialien. Ähnlich wie Hunde, die nur auf Gras pissen.

Leder wird dagegen von Menschen bevorzugt, die es etwas härter mögen. Nicht nur das Material wird immer wieder neuen Belastungsproben ausgesetzt, sondern auch dessen Träger. Die Lederszene zeichnet sich durch hohe Schlagfertigkeit aus und zeigt generell eine etwas höhere Gewaltbereitschaft als andere Gruppen.

Die verschiedenen Szenen gliedern sich also nicht nur nach bevorzugten Materialien, sondern auch nach der Art und Weise, wie man miteinander »spielt«, so erfuhr ich. Während die dominant Devoten sich oft rein auf das Rollenspiel und gegenseitiges Beherrschen konzentrieren, werden die Sadomasos schnell handgreiflich, um ihren Lustgewinn zu steigern. Schlagen mit der Peitsche oder der flachen Hand (Spanking) ist genauso an der Tagesordnung wie der Einsatz von Heißwachs, Reizstrom und Klammern. Ziel der erhöhten Reizüberflutung ist es, die Endorphinproduktion so in Wallung zu bringen, dass sich der Gequälte in einem andauernden Lustrausch befindet. Ein Rausch, den Vanillas, so nennt man in der Szene Menschen wie mich, die beim Sex primär orgasmusorientiert sind, nicht kennen.

Während ich mich noch fragte, ob ich derartige Gefühle überhaupt kennenlernen wollte, war »Saphire« schon bei einer speziellen Randgruppe des SM: Fessel- und Kliniksex.

Ich hörte aufmerksam zu. Unter Fesselspielen konnte ich mir noch etwas vorstellen. So dachte ich etwa an neckische Szenen mit Handschellen, wie sie im Fall Kachelmann dem breiten Publikum bekannt geworden waren, oder an Bonding, wo zum Beispiel Japanerinnen, zum Schinken verschnürt, an die Decke gehängt wurden. Bei Klinik dachte ich zunächst naiv an Doktorspiele, doch ich wurde eines Besseren belehrt.

»Klinik ist alles, was unter die Haut geht«, klärte »Saphire« mich auf und kramte nach ihrem Handy. Während ich noch überlegte, was dieses »unter die Haut« genau bedeuten konnte, rief sie mit ihrem Telefon ein paar Fotos auf und schaute mich dann prüfend an: »Hast du gute Nerven?« Für Sekunden vibrierte die Herbsthitze zwischen uns.

»Klar«, gab ich dann burschikos zurück und griff beherzt nach dem Mobilgerät. Als ich das aufgerufene Foto sah, klatschte mein Schokoladeneis auf den Boden. Das Bild zeigte einen gepiercten Hodensack. In Nahaufnahme. Er war mehrfach durchstochen. Mit langen Nadeln und am lebenden Objekt. Zumindest hatte der Herr offensichtlich noch gelebt, als man diese Aufnahmen angefertigt hatte.

Grundgütiger, im Vergleich dazu war ja der Kachelmann der reinste Kuschelmann! Ich starrte sekundenlang auf das Foto und brachte nur ein Stottern heraus, bis »Saphire« mir das Telefon wieder abnahm. Offenbar hatte ich mich für die Ansicht von weiterem Bildmaterial nicht qualifiziert.

»Ja, man braucht schon anatomische Kenntnisse«, erklärte sie und schloss die Bilddatei.

»Was gefällt dir daran?«, fragte ich vorsichtig nach. »Saphire« zündete sich eine ihrer superdünnen Mentholzigaretten an.

»Das Gefühl von Latex auf der Haut ...«

»Ich meine das mit den Nadeln ...«, unterbrach ich sie. Das mit den Gummispielchen hatte ich bereits verstanden. Sie schmeckte dem Zug aus ihrer Zigarette nach und sagte dann: »Das Gefühl, wenn sich jemand total in deine Hände begibt, ist unbeschreiblich. Totale Macht.«

Ich versuchte, mir dieses Gefühl vorzustellen. So in etwa musste mein großer Bruder empfunden haben, wenn er mich als Kind geknebelt und mit Spucke gefoltert hatte. Eine andere, erwachsenere Übersetzung für dieses Gefühl hatte ich nicht.

»Schau es dir doch einfach mal an«, schlug »Saphire« nun vor. »Kommenden Samstag gibt es eine Party. Dann lernst du es kennen.«

Was genau ich dann kennenlernen sollte, blieb allerdings offen, denn ein Telefongespräch bestellte »Saphire« zu einem Termin und sie musste aufbrechen. So sagte ich kurzerhand zu, die Neugier stirbt schließlich zuletzt. Und auch wenn ich vorhatte, Vanilla zu bleiben und Sex nur mit meinen eigenen, gesunden körpereigenen Organen auszuüben, man konnte ja mal schauen, was die anderen so trieben.

In den folgenden Tagen beschäftigte mich das Thema weiter. Verpasste ich vielleicht das Beste, während ich mich ganz profan nackt am Badesee rammeln ließ? War ich auf dem Holzweg, wenn ich mich in Sexkinos und auf Parkplätzen herumtrieb? Wurde das sexuelle Vergnügen nicht ungleich größer, wenn es eingebettet in ein Rollenspiel und mit Requisiten ausgeübt wurde?

Das nächste Mal, als ich im Internet unterwegs war, machte ich mich gezielt auf die Suche nach entsprechenden Einträgen und landete bei Fantasien für Fortgeschrittene.

»Lady Krimhild und ich sind ein glücklich verheiratetes Paar. Ich, Cuckold-Sklave Panthea (männlich), bin erfolgreich abgestuft in die Kategorie C2, als Schwanzmädchen. Meine Person wird nur als Cuckold-Sklave gehalten und für die Bedienung dressiert. Ich trage durchgängig Damenoutfit und werde keusch gehalten. Für meine Herrin suche ich einen Liebhaber. Lady Krimhild ist äußerst attraktiv. Bei Interesse einfach melden, ich leite es weiter und Lady wird sich melden!«

Diese Cuckolds waren scheinbar überall. Vermutlich konnte eine Atombombe explodieren, und wer überlebte, waren Kakerlaken und Cuckolds. Derlei abgedrehte Spiele wirkten auf mich jedoch stets überinszeniert. Deshalb suchte ich weiter. Und landete bei einem Paar, das in Sachen Fantasie bereit war, mehr als weit zu gehen.

»Unsere Stute steht für Training in allen Sexdisziplinen zur Verfügung: im Wald gefesselt zur Benutzung ausgesetzt. Frivole oder Nacktspaziergänge auf Wald- und Wanderwegen.

Im Parkplatz-WC, mit verb. Augen und unverschlossener Türe, für Deep Throat zur Benutzung.

Spärlich bekleidet gefesselt und fixiert, mit Hand oder Peitsche gefügig gemacht und versaut zurückgelassen. Für Pokerrunde oder Herrenabende als Gewinn. «

Auch dies war entschieden zu viel für mich. Und Unterordnung, so hatte ich in den letzten Wochen und Monaten immer wieder feststellen können, war in meinem Naturell nicht wirklich vorgesehen. Dennoch hatte ich schon das eine oder andere Mal mit der devoten Rolle geliebäugelt. Wäre es nicht schön, alle Verantwortung abzugeben, mich völlig jemandem zu überlassen? Vielleicht fehlte mir einfach der geeignete Partner hierfür, den ich als Führungspersönlichkeit akzeptieren konnte.

Für die Party brauchte ich eine Eintrittskarte, und um die zu reservieren, musste ich mich auf der Webseite dieses SM

Clubs registrieren. So stöberte ich also mal wieder auf einer Homepage für Erotisches. Eines muss man den Sadisten lassen, so dachte ich beim ersten Blick auf deren Webseite. Sie haben Geschmack. Wenn quälen, dann mit Stil, so vermittelte die Optik der Seite, die gestaltet war, wie man sich das Boudoir der Marie Antoinette vorstellen konnte. Fotos von vergangenen Partys zeigten attraktiv in Gummi oder andere vornehme Stoffe gekleidete Menschen. Das machte Appetit auf mehr und offenbarte mir, dass eine Teilnahme sich durchaus lohnen könnte. Allmählich verstand ich auch zumindest jene, die sich aus rein ästhetischen Gründen von der Szene angezogen fühlten.

Um sich zu registrieren, musste man ein eigenes Profil anlegen. Mit Vorstellungstext und Vorlieben, wie ich es von Wikipop bereits kannte. Nur waren die Vorlieben hier, wie zu erwarten, um einiges extremer als auf meiner Stammseite. Hier wurde definitiv mit härteren Bandagen gekämpft. Dominant-devot oder Sadomaso war sozusagen Grundvoraussetzung, um überhaupt eine Daseinsberechtigung zu haben, und der Grad der Extremität konnte auf einer Skala von 1 bis 10 noch ausgelotet werden. Ich übersprang diesen Punkt, da mein Ergebnis für hiesige Bedürfnisse mit Sicherheit zu mittelmäßig ausfallen würde.

Bei den Vorlieben wurde es richtig erschreckend. Das Gespräch mit »Saphire« hatte mich zwar schon darauf vorbereitet, was mir in der Welt von SM drohte. Doch die Liste der Möglichkeiten schmerzte bereits beim Lesen: Bondage, Fesselung, Wachs, Klammern, Gewichte, Nadeln, Reizstrom, Peitsche, Rohrstock, Piercing, Branding, Cutting, Sharing, Atemkontrolle, Petplay (Achtung, nicht zu verwechseln mit K9, dem Sex mit echten Hunden), Keuschhaltung, NS-Erziehung, Dehnung, Fisting, Gruppensex.

Mir wurde heiß und kurzfristig erwog ich, die Party sausen zu lassen. Im Geiste sah ich mich schon genadelt und geknebelt, geklammert und mit Gewichten behängt ans Andreaskreuz gefesselt, wehrlos den Rohrstöcken, Peitschen und Reizstromruten der Gäste ausgeliefert.

Doch dann rief ich mich zur Ordnung. Hier ging es ja um eine etwas exquisitere Party. Ob ich das Spielzimmer im Keller betreten würde, wo es zur Umsetzung der Vorlieben kam, darüber entschied auch immer noch mein freier Wille, sofern der nicht mit entsprechenden Tropfen k. o. geschlagen wäre. Schließlich würde sicher auch »Saphire« ein strenges Auge auf mich haben, und die besaß zumindest so viel Verstand, um meine Bereitschaft in diesen Dingen richtig einzuschätzen und mich gegebenenfalls zu schützen.

Ich kreuzte also wahllos und mit geschlossenen Augen an und füllte das Notwendigste aus, das es brauchte, um ein Profil zu erstellen. Dann suchte ich weiter nach den Reservierungsbedingungen für die Party mit dem Titel »Talent zur Sünde« und registrierte mich. Der Dresscode lautete: Haut, Lack, Leder, Bohemian, Abendkleidung, Fetisch, Barock.

In Gedanken durchstreifte ich meinen Kleiderschrank nach etwas Passendem. Während ich noch nachdachte, trafen schon die ersten Anfragen zu meinem Profil in meinem virtuellen Postfach ein. Offensichtlich herrschte auch in sadistischen Kreisen der ewige feminine Notstand. Ein User namens »mastermind« weckte mein Interesse. Die E-Mail, in der er sich vorstellte, las sich wie ein Ausbildungscamp für Folterknechte.

»Meine Spezialitäten sind Bondage, Leder, Keuschhaltung, Abrichten mit NS-Erziehung, Vorführen, Spanking.«

Nachdem ich den Text mithilfe eines Lexikons übersetzt hatte, wusste ich zumindest so ungefähr, was dieser Mensch von mir wollte. NS stand für Natursekt, übrigens keine ökologisch abbaubare Weinsorte, sondern schlicht und ergreifend Pipi. NS-Erziehung beschrieb alles, was man Schönes mit Pipi machen konnte. Pinkeln und angepinkelt werden, trinken ... Nun wusste ich aus der Naturheilkunde, dass die Einnahme von Fremd- und Eigenurin durchaus positive Auswirkungen auf die Gesundheit haben kann, aber ich bevorzuge Pipi an dem kulturell eigens dafür vorgesehenen Ort, kurz auf der Toilette.

Generell störte mich an der SM-Szene, dass es für alles und jedes eine Schublade gab. Sag mir, was dich anmacht, und ich kleb dir ein Schildchen auf. Mich machten solche standardisierten Verfahren eher misstrauisch. Ich vermutete dahinter latente Fantasielosigkeit, und das war für mich das Ende jeder Lust. Dennoch beschloss ich, mich vorurteilsfrei auf einen Chat einzulassen.

»Wie stellst du dir ein erstes Treffen vor?«

»Du kommst als meine Sklavin in kurzem Rock, Pumps, enger Bluse, Halterlosen«, befahl er. Allein die Kleiderwahl verriet mir bereits: Ich würde die gelangweilteste Sklavin der Welt sein.

»Halterlose oder Strapse?«, antwortete ich dennoch.

»Wenn ich sage Halterlose, dann meine ich auch Halterlose.«

»Okay. Was dann?«

»Ich fessele dich und ficke dich dann erst mal in die Kehle. Ein Spaziergang wird das bestimmt nicht.«

»Aha. Und dann?«

»Fiste ich dich.«

»Okay, zwei Sachen. Ich mag nicht gefesselt werden und ich mag auch kein Fisting.«

»Gut. Manchmal gibt die Fessel halt ein Gefühl von Sicherheit. Und beim Fisting bekommen manche Frauen einen Megaorgasmus.«

Fesseln ein Gefühl von Sicherheit?, dachte ich. Das hier klang nicht nach Sadomaso, sondern nach einem Werbespot für Damenbinden. Doch ich gab so schnell nicht auf.

»Was ist mit anderen Männern?«, fragte ich daher hoffnungsvoll

»Wie, andere Männer?«

»Willst du mich nicht anderen Männern überlassen, mich vorführen?«

»Doch nicht beim ersten Mal.«

»Schade.«

»Weißt du was, du bist gar nicht devot. Du bist naturgeil.«

Für mich war diese Antwort nur die Bestätigung meiner Überzeugung, dass SM ein Korsett für einfallslose Menschen war, die eine Gebrauchsanweisung für Sex brauchten. Und eine Machtzentrale für Menschen, die sonst nichts zu sagen hatten.

Ich blätterte durch weitere Anfragen, die während meines Chats eingetroffen waren. Unter den Interessenten befand sich eine auffallende Menge an devoten Männern. Offensichtlich weckte mein Deckname »Donna« (ich hatte den Namen eingesetzt, der mir als Erstes in den Sinn gekommen war) falsche Assoziationen als Domina. Devote Männer waren aber gar nicht nach meinem Geschmack. Wozu mein Gegenüber fesseln und knebeln, wenn es doch rammelnderweise seine Begabung viel natürlicher entfalten konnte?

Gelangweilt klickte und löschte ich die Angebote. Doch ein letztes Profil weckte mein Interesse. Ein Mann mittleren Alters, erfahren als Sklave und im Petplay als passiver Teil, der mir anbot, meine Heels mit der Zunge zu putzen. Petplayer, so wusste ich nach einem Blick ins Internet, waren Menschen, die gerne Tier spielten. Mit Accessoires, Dressur und allem Drum und Dran. Mein Bewerber empfahl sich auf seinem Bewerbungsfoto daher auch als treuer Begleithund mit Latexmaske und einer Leine zwischen den Zähnen.

Da ich Tiere mag, traute ich mir eine Hundedressur eher zu als Machtspiele von Mensch zu Mensch. Also antwortete ich im Befehlston, dass er mich zur Party am Samstag begleiten müsse. Als Hund und als Fußbänkchen. Diese Idee kam mir einfach so und ich war erstaunt, dass ich mich so schnell in dieser Rolle einfinden konnte. Mein Hündchen sagte sofort freudig zu. So leicht war das. Ich feixte. »Saphire« würde Augen machen über meinen Aufriss. Oder wie nannte man das in der Szene?

Die nächsten Tage war ich fast ausschließlich damit beschäftigt, mein Outfit für den Abend zusammenzustellen. Ein hautenges Samtkleid war mir einen Tick zu eng geworden. Genau richtig für den umwerfend sexy Auftritt. In einem Billigladen für orientalische Kleidungsstücke erstand ich zudem die hochhackigsten Heels meines Lebens und die dazu passende Hochsteckfrisur übte ich an mehreren Abenden.

Endlich war Samstag, und nachdem »Saphire« an meiner Tür geklingelt hatte, stöckelte ich auf 15 Zentimetern die Treppe herunter. Unter ihrem erstaunt bis spöttischen Blick bestieg ich das Auto in meinem knöchellangen, engen Kleid. Sie selbst trug eine Art geschnürten Latexanzug und ich hätte schwören können, dass er eingeölt war. Ihren Sitz schützte sie auf jeden Fall mit einem Bezug.

»Saphire« staunte nicht schlecht, als ich sie bat, einen kleinen Umweg zu fahren, da wir noch »meinen Hund« abholen mussten.

»Du lernst ja schnell«, murmelte sie amüsiert, als wir zur verabredeten Straßenecke einbogen, wo dieser bereits wie verabredet brav mit Leine im Maul wartete. Ich hoffte nur, dass er damit nicht allzu viele Autofahrer erschreckt hatte.

Wir luden »Hanno Hund« auf die Rückbank und steuerten Richtung Club. Dabei handelte es sich um eine stillgelegte Fabrik in einem Industriegebiet. Das schäbige Äußere stand im krassen Kontrast zur festlichen Dekoration innen. Der Saal hing voller Kristalllüster, die wie überdimensionale Glitzerohrhänger von der Decke leuchteten. Die Wände waren bis zur Decke mit edlem Brokat bezogen. Eine lange Bar erstreckte sich über eine gesamte Wand.

Glänzender hätte unser Auftritt nicht sein können. Zwei Ladys in Schwarz, ich im Samtkleid mit Satinhandschuhen bis zur Schulter, Feder im Haar, an der Leine mein Hund! Der steckte übrigens in einem Latexanzug mit gepolsterten Knieschonern. Sehr weitsichtig, wie ich fand.

Wir setzten uns an die Bar und waren im Nu umringt von bewundernden Augenpaaren, die uns funkelnd taxierten. Wer war dominant, wer devot? Es tobte ein Machtkampf der Blicke, während unter der Bar mein Hündchen mir auf allen vieren als Fußbänkchen diente und es still genoss, wenn ich ihm wie zufällig dann und wann den Dorn meiner Stilettos ins Kreuz bohrte.

So langsam fand ich Gefallen an der Unterwerfung anderer und begann »Saphire« zu verstehen. Bekam ich allmählich den Raubtierodem der Macht zu schmecken? Immer noch besser, so fand ich, als mich devot den Lüsten eines Mannes zu fügen. Ich zog an meiner Zigarettenspitze und beobachtete verächtlich Frauen, die sich in aller Öffentlichkeit von ihren Herren demütigen ließen. Ein Dom hatte seine Sub auf einen Bock gepackt, die Hände so gefesselt, dass sie sich nicht abstützen konnte, da hing das arme Mädchen auf dem Bock und litt, während die anderen Gäste den Herrn zur Dienstfertigkeit seiner Magd beglückwünschten. An anderer Stelle war eine Sklavin nackt ausgestellt und männliche Gäste, die vorbeistreiften, nutzen die Gelegenheit, um ihre Brüste und Schenkel wie zufällig zu berühren. Vor allem missfiel mir hier das typische Rollenmuster: Zumeist waren es die Frauen, die sich demütigen ließen. Gut, dass ich mit meinem vierbeinigen Begleiter ein Gegengewicht schuf.

Da »Saphire« im Club bekannt war wie ein geölter Hund, wurde ich ständig ihren Bekannten vorgestellt, deren Gesichter ich jedoch nicht erkennen konnte, weil sie hinter Masken versteckt oder bis zur Unkenntlichkeit geschminkt waren. Irgendwann hatte ich Lust, mich ein wenig unter die Leute zu mischen.

»Komm spielen«, sagte ich zu meinem Hündchen und ruckte an der Leine. Wir spazierten durch den Ballsaal, der sich allmählich gefüllt hatte. Auf der Tanzfläche wogten endlos lange Latexbeine auf nadeldünnen Absätzen. Ich spiegelte mich im Gummi der Ganzkörperanzüge. Viele Augen glotzten mich durch die Öffnungen ihrer Masken an. Lederkerle wanden eiserne Ketten um ihre Begleiterinnen. Barockdamen wedelten sich mit dem Fächer Luft zu, als könnten sie nicht genug von der lasterhaften Schwüle bekommen.

Plötzlich begegnete ich einem anderen Dom mit seiner Hündin. Er trug die Latexweste so perfekt um die wohlgeformte Brust, dass ich zum ersten Mal die attraktiven Vorzüge eines solchen Accessoires begriff.

»Ist der reinrassig?«, fragte er mich und zeigte mit seinem Kinn auf meinen Vierbeiner. »Selbstverständlich. Von der Sammenerheide. Prämierter Deckrüde«, gab ich zurück, als sei allein die Frage eine Unverschämtheit.

»Nun denn. Sie ist läufig. Lass ihn sie bespringen.« Ich schaute mich beschämt um.

»Hier?«, fragte ich zögernd.

»Selbstverständlich.«

Ich gab »Hanno« also das Kommando, und immer noch an der Leine, besprang er die fremde nackte Hündin und vögelte sie unter unseren Anweisungen. Es war ein großartiges Gefühl von Macht. Gleichzeitig war es, als hätte ich ferngesteuert Sex mit dem fremden Dom, dessen Blicke immer wieder in meinen Körper stachen. Nachdem mein Rüde abgespritzt hatte, musste die Hündin aufstehen und wurde an die Bar geschickt, um Getränke zu holen. Sie durchquerte den Saal, während ihr das Sperma meines Hundes die Schenkel hinablief.

Während wir warteten, musterte ich »Andre«, so hieß der Dom, heimlich von der Seite. An wen war ich da geraten? Er hatte schwarzes Haar und braune Augen, Architekt, wie er mir erzählte. Seinen Fetisch für Lack und Heels lebte er mit seiner Sub aus. Nun gut, dachte ich, dann musste ich wenigstens nicht als Spielgefährtin herhalten. Irgendwie interessierte mich dieser Mann. Auch ihn fragte ich daher, was es mit seiner Vorliebe für dieses luftdichte Material auf sich hatte. »Das Gefühl von Latex auf der Haut ist einzigartig«, meinte er und nahm einen tiefen Schluck aus seinem Glas. Aus seinem Mund klang das direkt verführerisch. »Es verbindet sich mit deiner Haut, wird ein Teil von dir ... Und trotzdem schlüpfst du automatisch mit dem fremden Material in eine fremde Rolle. Du bist befreit von deiner Normalität.«

Nun, ich war mit meiner Normalität bisher sehr gut ausgekommen. Aber die Menschen sind ja bekanntlich verschieden. Ich nippte an meinem Champagner und ließ den Blick durch den Saal schweifen. Die Party war jetzt richtig in Schwung. Die Gäste bewegten sich im Einklang mit der Musik und ihrer entsprechenden Verkleidung. Im Prinzip war es hier wie auf einer elitären, etwas finsteren Faschingsparty, auf der sich alle hinter ihrer Maske versteckten und dadurch befreiter wurden.

»Befreit«, so nennt man in der SM-Szene jene, die sich neu für diese Vorliebe entscheiden, wie ich im weiteren Verlauf des Abends erfuhr. Dieses Wort musste ich erst mal verdauen. Befreiung. Als ob jeder einen »bösen Kern« in sich trüge, der nur darauf wartete, ausgelebt zu werden.

Bisher hatten sich die meisten Gäste auf der Tanzfläche getummelt, nun zogen sich mehr und mehr in den Spielkeller zurück. »Andre« fragte mich, ob ich auch daran Interesse hätte, und ich beschloss, dass ich an seiner Seite einen Blick riskieren konnte. Auf einen langen dunklen Gang folgte ein weiterer großer, fast luftiger Saal, der bestückt war mit den Utensilien des Leidens: Ein Andreaskreuz dominierte den Raum über die gesamte Stirnseite. Zur Rechten und Linken waren Käfige angebracht, die zum Teil schon mit überwiegend weiblicher »Ware« belegt waren. Wie bei einer Autowaschanlage gab es Buchten in den Wänden, die mit Handschellen und anderen Fixierungsvorrichtungen bestückt waren.

In der Fantasie hatte diese ganze Welt noch eine gewisse Faszination auf mich ausgeübt. Hier im richtigen Leben war alles so wie in einem Lehrfilm für Sadomaso. Am Andreaskreuz hing vorschriftsmäßig eine Frau und der dazugehörige Mann forderte die anderen Männer auf, die Frau mit einer Klatsche zu schlagen. Das Klatschen tat vor allem meinen Ohren weh, für alle anderen gehörten die Geräusche zum Klangteppich. Obwohl alles in diesem Raum einen eindeutig sexuellen Charakter hatte, wurde kaum Sex praktiziert.

»Die ficken hier gar nicht«, raunte ich »Andre« zu, während wir an den Käfigen vorbeistreiften wie Besucher im Zoo. Er sah mich von der Seite an und nickte. »Das stört mich auch.« Nun, wie es schien, hatten wir beide doch mehr gemeinsam als gedacht.

»Hey, amüsierst du dich?« Plötzlich stand »Saphire« hinter uns, an der Leine einen bulligen Typen mit Halsband.

Ich nickte, sagte aber dann: »Ich würde gern bald gehen.«

»Ich fahre dich«, bot »Andre« daraufhin an. »Saphire« prüfte, ob das für mich okay war, und als ich nickte, führte sie den Bulligen zu einer Streckbank.

»Willst du gleich fahren?«, fragte mein Begleiter und an seinem Blick über meine Schulter erkannte ich, dass sich hinter meinem Rücken etwas Interessantes abspielen musste. »Dreh dich mal um«, raunte er mir auch schon zu. Zuerst sah ich nur Männerrücken. Ich fühlte mich an eine Herde Hyänen erinnert, die sich um die Beute drängte. Als wir näher an den Ort des Geschehens herankamen, erkannte ich eine Frau, die auf einem Gynäkologenstuhl lag. Sie war komplett nackt, tätowiert und beschäftigte sich mit den verschiedenen Männern. Zuerst dachte ich, dies geschehe nach ihrem Gutdünken, doch dann erblickte ich einen Mann mit Peitsche und Lederoutfit, der sie anwies, was sie bei welchem Typen zu tun hatte. Hierfür dirigierte er sie ohne Worte, bloß mit der Peitsche. Anscheinend war sie so abgerichtet, dass sie jede Geste verstand und befolgte. Was vermutlich jahrelange schulische und elterliche Ausbildung nicht zu schaffen vermochten, war diesem Typen gelungen: Er hatte sich ein total höriges, gehorsames Wesen geschaffen. Die Frau blies oder wichste die Typen je nach Befehl. Die Männer drängten sich mit verhaltener Ungeduld und Gier um die Frau im verzweifelten Wunsch, an die Reihe zu kommen. Mit dem Peitschenstiel, bedeutete der Master auch, wer die Frau an welcher Stelle zu berühren hatte. Mich schauderte. »Willst du mitmachen?«, fragte ich. Doch »Andre« wehrte mit großen Augen ab. »Ich tue ungern, was andere mir befehlen«, gestand er, aber ich fragte mich, ob es nicht der Opportunismus war, der aus ihm sprach.

»Jetzt möchte ich gehen«, meinte ich und »Andre« brachte mich daraufhin widerspruchslos nach draußen. Obwohl ich lieber ein Taxi genommen hätte, bestand er darauf, mich heimzufahren. »Ich würde gerne noch mit hochkommen«, sagte er, nachdem er den Wagen vor meiner Haustür geparkt hatte. Das hatte ich befürchtet. »Heute ist bei mir nichts mehr drin«, entgegnete ich. Ich musste die ganzen Eindrücke nun doch erst mal verdauen, bevor ich wieder die Beine spreizen konnte. Wir vereinbarten daher, dass er mich am nächsten Abend anrufen sollte, und als ich seinen Rücklichtern nachblickte, fragte ich mich, ob er nicht geradewegs zurück in den Club fuhr.

Sobald ich in der Wohnung war, befreite ich mich von den unbequemen Klamotten, vor allem die Heels hatten meine Füße übel malträtiert. Bevor ich zu Bett ging, wagte ich dann noch einen Blick in den Chat, wo ich prompt »Don« antraf.

»Wie war dein Abend?«

»SM-Club.«

»Hat's wehgetan?«

»Nur meinen Füßen.«

»Grins. Ich wusste, das ist nichts für dich.«

»Warum?«

»SM ist für Leute, die ihre natürliche Geilheit nicht ausleben können.«

Immer wieder war ich überrascht, wie gut »Don« mich zu kennen schien. Manchmal war mir die Art, wie er meine Gedanken geradezu las, fast unheimlich. Dennoch, dieses Mal lag er falsch. »Andre« hatte durchaus mein Interesse geweckt und ich konnte es kaum erwarten, ihn morgen zu treffen. Selbstverständlich ließ ich das »Don« nicht wissen. Ich wünschte ihm einfach nur eine gute Nacht, stellte den Rechner aus und legte mich schlafen.

Am nächsten Tag stand »Andre« vor meiner Tür und ganz ohne Verkleidung fielen wir übereinander her. Mein erster Eindruck: Er machte auch ohne Gummianzug eine gute Figur und wusste das, was ihm die Natur mitgegeben hatte, gezielt einzusetzen. Das Einzige, wozu wir Latex benutzten, war der Schutz.

Ich war vollauf begeistert, bis ich bei ihm eine schleichende Verwandlung bemerkte. Je länger wir miteinander zugange waren und je vertrauter wir wurden, desto mehr schritt es voran. Seine Aura bekam etwas Negatives. Ganz ohne Latex schlüpfte er in die Rolle des Masters. Ich bemerkte es zuerst an seiner Mimik. Plötzlich schienen an seinen Mundwinkeln Gewichte zu hängen. Richtig fies sah er damit aus.

Dann begann »Andre« zu sprechen. Aber nicht die Art Dirty Talk, die ich an anderer Stelle schon auf die Schippe genommen habe, sondern er fing an, mir Befehle zu erteilen. Leg dich hin, dreh dich um, mach den Mund auf. Egal, was ich tat, sobald ich mich hineingefunden hatte, kam eine neue Anweisung. Dazu wurde er zusehends gemein und finster. Dabei hätte ich mich durchaus gerne von ihm führen lassen. Aber so nicht. Plötzlich passte nichts mehr. Seine Berührungen waren nicht lüstern, sondern beherrschend. Seine Befehle wurden zunehmend zu Beschreibungen, wie es sein könnte, wenn wir nur dieses vermaledeite Latexzeug zur Hand hätten.

»Jetzt stell dir vor, du hättest Latexstrümpfe bis hier oben. Dann könnte ich dich hier packen … und umdrehen.« Ich drehte mich auch so um. Als er mich von hinten rammelte, ging es weiter. »Zieh dir die Heels an von gestern«, befahl er. Ich weigerte mich, meinen Füßen erneut die Folter anzutun. Er fuhr also fort, aber plötzlich waren die Heels aus unserem Liebesspiel nicht mehr wegzudenken. »Nächstes Mal ziehst du sie an und dann pack ich dich an den Absätzen wie eine Schubkarre«, fantasierte er weiter. Die Vorstellung, beim Sex als Schubkarre zu dienen, belustigte mich erst, dann verärgerte sie mich. Allmählich ging mir das Getue echt auf die Nerven. Ich brach daher die ganze Vorstellung ab und machte ihm klar, dass ich genug von ihm hatte. Nachdem er sich verabschiedet hatte, atmete ich durch, ging zu meinem Schuhschrank, packte die Heels und warf sie in den Müll. Dann öffnete ich meinen Wikipop-Account und schickte »Don« eine E-Mail mit dem Betreff »Sadomaso«. In die Mail schrieb ich ohne weiteren Kommentar: »Du hattest recht.«

Sex gegen Geld. Weil ich es mir wert bin

Nach dem Ausflug in die Welt der gekünstelten Sünde war mir wieder nach einem ganz normalen Rammeldate. »Hanks« Angebot kam da gerade recht. Er hatte schon seit Längerem Kontakt zu mir gesucht, aber bisher hatte sich nie die Gelegenheit ergeben, ihn zu treffen. Es fehlte mir einfach die Zeit. Nur selten beantwortete ich seine E-Mails, dennoch blieb sein Interesse bestehen und er überraschte mich mit Vorschlägen für Dates, die immer abenteuerlicher wurden. Es begann mit einem Besuch im Zoo, einem Treff im Biergarten oder an der Pommesbude. Nach einer Weile erhöhte er auf Theater- und Konzertkarten. Aber weder der Besuch im Sternerestaurant noch im Cirque du Soleil konnten mich überzeugen. Die Vorstellung von Zirkus vor dem eigentlichen Theater war für mich wenig verlockend. Doch »Hank« ließ nicht locker. Eines Abends öffnete ich ein neues Anschreiben des inzwischen so vertrauten Absenders und sah drei Zahlen und ein Fragezeichen.

Der Gedanke, Geld für meine Dienste zu nehmen, war mir ehrlicherweise schon vorher gekommen. Immerhin lockte auf Wikipop eine ganze Armee sogenannter Hobbynutten, die sich ihre Leistungen versilbern ließen und damit nicht schlecht verdienten. Meist präsentierten sie sich mit Fotos von schönen Häusern oder Appartements, die sie mit ihrer Hände Arbeit oder der anderer Körperteile redlich erworben hatten. Für mich war das bisher eine Grenze gewesen, die ich nicht hatte überschreiten wollen.

Andererseits: Waren Frauen, die Geld für männliche Befriedigungsdienste nahmen, nicht eigentlich clever? Ich rede jetzt nicht von echten Prostituierten, die unter Umständen alles nehmen müssen, was um die Ecke des Kontakthofes geschlendert kommt. Aber warum nicht Spaß haben und anschließend etwas wohlhabender nach Hause gehen? Ein Date als Hobbynutte war wie jedes andere ganz normale Date auch, so glaubte ich plötzlich. Nur dass er mit prall gefüllter Hose kam und sie mit prall gefüllter Hose ging. Ich beschloss, die Frage »kassieren oder nicht kassieren« mit meinem anonymen Gewissen »Don« zu diskutieren, als wir das nächste Mal chatteten.

»Was hältst du von Sex gegen Geld?«

»Wen willst du kaufen? ;-)«

»Ich will kassieren.«

»Unmöglich!«

»Findest du?«

»Ja, du bist unbezahlbar.«

Das schmeichelte mir zwar, half mir aber nicht wirklich weiter. Also bohrte ich nach. Darauf schrieb »Don«:

»Sobald Geld im Spiel ist, wird es kompliziert.«

»Warum?«

»Weil du dann verpflichtet wärest.«

Damit hatte er natürlich recht. Aber genau das war es ja, was mich anmachte. Habe ich bereits erwähnt, dass ich unter Druck besonders gut funktioniere? Und in diesem Moment entschied ich mich dazu, »Hank« zuzusagen.

»Wann und wo?«, beantwortete ich seine E-Mail. Daraufhin präsentierte er mir seinen frivolen Schlachtplan. »Ich miete uns ein Tageszimmer im ›Radisson‹. Wir treffen uns an der Rezeption. Bei gegenseitigem Gefallen gehen wir aufs Zimmer, wo uns schon eine Flasche gekühlter Champagner und der für dich vorgesehene Betrag erwarten.«

Tageszimmer war mir ein ganz neuer Begriff und dennoch wusste ich sofort, was gemeint war. Dank seines schlüssigen Konzeptes reizte mich »Hank« nun doch sehr, sodass ich seinem Vorschlag zustimmte. Wir vereinbarten noch, welche Leistungen in dem festgelegten Betrag enthalten waren, und bestimmten das Zeitfenster. Ich freute mich diebisch auf dieses geheime Treffen.

Natürlich legte ich diesmal besonders viel Wert auf das »Darunter«. Schließlich hatte ich einen zahlenden Kunden, dem ich zu gefallen hatte. Nicht, dass er plötzlich einen Rückzieher machte. Ganz kurz erwog ich, extra für den Anlass etwas Neues zu erwerben, verwarf den Gedanken aber gleich darauf wieder. Das neue Kleidungsstückchen würde mich auf ewig an den Sündenpfuhl erinnern, in dem ich gebadet hatte. Gleichzeitig musste ich an das erste Mal denken, als ich geile Unterwäsche gekauft hatte. Du lieber Himmel, wie lange war das her! Seitdem war es steil aufwärtsgegangen mit meiner erotischen Karriere. Oder sollte ich eher sagen, steil abwärts? War ich jetzt, da ich mir meine Leistungen entlohnen ließ, ganz unten angekommen? Ich litt kurz unter diesem Gedanken wie unter einem infektiösen Virus, dann schob ich ihn entschlossen zur Seite. Ich hatte mich nun mal entschieden, den Weg der Schande probeweise einzuschlagen, daher war es sinnlos, mir schon zu Beginn Steine in Form von Zweifeln in den selbigen zu legen. Bereuen konnte ich hinterher immer noch. Jetzt hieß es, mich mit allen mir zur Verfügung stehenden Mitteln auf meinen »Freier« zu konzentrieren.

Wenige Tage später betrat ich die besagte Hotelhalle, und noch bevor ich »Hank« erblickte, hatte er bei mir jede Menge Vorschusslorbeeren gesammelt. Das hier war kein Vergleich zu meinen ersten Hotelerfahrungen. Hier herrschten geschmackvolle Farben und vornehmes Design vor. Das Gebäude hob jeden Menschen, der es betrat, in eine höhere Klasse und ließ mich umgehend auf das Niveau einer Rosemarie Nitribitt aufsteigen. »Hank« erwartete mich in der Hotellobby, wo die Menschen durcheinandereilten wie verirrte Kugeln auf einem Billardtisch. Ich erkannte ihn sofort. Auch er steuerte geradewegs auf mich zu, als hätte ihn ein unsichtbares Queue angestubst. Nur wir beide schienen ein gemeinsames schmutziges Ziel vor Augen zu haben. »Hank« war der Typ zurückhaltender Kavalier. Mit einem Anzug hatte er die Kleiderfrage zufriedenstellend gelöst, er wirkte jedoch nicht wie jemand, der es nötig hatte, Frauen zu bezahlen. Aber vielleicht gab ihm das ja – genau wie mir – den entscheidenden Kick. Wir begutachteten uns gegenseitig, ob der andere auch den Geschäftsabschluss wert war. Da das Urteil von beiden Seiten positiv ausfiel, betraten alsbald Hobbynutte und Hobbyfreier den gepolsterten Aufzug und ließen sich in das 16. Stockwerk saugen. Oben erwartete mich alles so, wie »Hank« es angekündigt hatte. Auf dem Tisch stand eine Flasche Champagner, daneben lag ein weißer Umschlag. Der Champagner schmeckte in 50 Meter Höhe hervorragend und ich ließ meinen Blick für einen Moment über die Stadt schweifen, bevor ich mich an die Arbeit machte und mit einer gekonnten Schulterbewegung mein Kleid herabrutschen ließ. Wenn schon Nutte, dann richtig.

»Hank« war gut erzogen und rücksichtsvoll, aber die Tatsache, dass er mich bezahlte, machte ihn lockerer. Bei jedem Sextreffen steht immer auch das Thema Zweisamkeit im Raum. Männern wird ja beigebracht, dass sich Frauen beim Sex sofort verlieben. Insofern achten sie darauf, unsere Gefühle nicht zu verletzen, um sich nicht um den Sex zu bringen. Zumindest davor. So schlich sich in meine eindeutig sexuell deklarierten Treffen auch immer ein Hauch von Romantik ein, einfach weil der Mann vermeiden wollte, sich auf den letzten Metern vor dem heiß ersehnten Ziel zu disqualifizieren. Ich jedoch gehöre zu den Frauen, die Sex und Liebe durchaus und sehr scharf trennen können, und war daher nicht gefährdet. In der Regel verliebten sich die Männer nach zwei, drei Dates (wenn es dazu kam) in mich, einfach weil sie spürten, dass ich nichts von ihnen erwartete. Bei »Hank« und mir gab es durch das eindeutige geschäftliche Interesse beider Seiten keinerlei Anlass für romantische Anflüge. Dennoch. Gute Erziehung hat weitreichendere Folgen, als verzweifelte Mütter dies zu hoffen wagen. Als »Hank« sich von hinten näherte, verriet seine Gestik, dass sein Griff an meine nackte Schulter besitzergreifend gemeint war. Aber seine Hand schmiegte sich fast schon zärtlich auf meine Haut und in seinem leisen Zögern lag eine ganze Handvoll Angst. Nun wurde auch ich nervös. Nicht, dass das Bürschchen einen Rückzieher machte. Ich sah mein kleines, stattliches Sümmchen schon davonflattern und nun war mein Ehrgeiz geweckt. Daher wendete ich mich ihm zu und übernahm nun in ruhigen, überlegten Schritten die Führung. Ich entkleidete ihn, so als trense ich ein hysterisches Pferd ab. Dabei fiel mir auf, dass ich schon fast mit der Routine einer Professionellen handelte. Und das wirkte. Nachdem ich eine Weile die Führungshoheit übernommen hatte, gewann auch er seine Sicherheit zurück und ergriff nun das Kommando. Und das erstaunlich fordernd. Er hatte offenbar vor, sich für sein Geld etwas bieten zu lassen. Zu Deutsch, er nahm mich ordentlich ran. Und ich legte mich ins Zeug. Schließlich wollte ich jeden einzelnen Cent wert sein, den er mir zahlte. Ich war selbst überrascht, wie sehr mich der Gedanke an das Geld anmachte. War ich womöglich eine weibliche Version von Dagobert Duck, dass Geld plötzlich eine so aphrodisierende Wirkung auf mich hatte? Vielleicht war es aber auch nur so, dass wir durch das Geld ein gemeinsames Ziel hatten (seine Zufriedenheit) und das von allen anderen Gedanken ablenkte.

Nach 45 Minuten Hochleistungssex war das erste Geschäftsziel auf jeden Fall erreicht. Wir räkelten uns auf dem Bett und schlürften Champagner. Ein Seitenblick auf »Hank« verriet mir, dass er seine Investition wohl nicht bereute.

»Waren Sie zufrieden?«, fragte ich dennoch, als sei ich eine Kellnerin im Ausflugslokal. Er nickte träge und griff nach der Flasche auf dem Tisch, um uns beiden nachzuschenken. Dann packte er den Umschlag und wedelte damit in der Luft herum.

»Wenn du ihn noch mal hochkriegst, verdoppele ich.« Allmählich wurde mir klar, warum Männer zu Nutten gehen. Weil sie da die Verantwortung für ihre Erektion ganz einfach delegieren können. Um die Erfolgsaussichten dieses Folgeauftrags zu bewerten, beäugte ich prüfend die Kronjuwelen, die auf seinen Beinen lagen. Die schlummerten einen tiefen Dornröschenschlaf und es sah nicht so aus, als könne sie so schnell jemand wach küssen. Dennoch schlug ich ein. Wie bereits erwähnt, besitze ich nun mal einen gewissen Ehrgeiz in diesen Angelegenheiten. Also stärkte ich mich mit einem weiteren Glas Champagner und machte mich dann an die Arbeit. Es war ein Knochenjob. Erwerbstätigkeit unter Schwerstbedingungen. Trotz allem steckte in »Hank« ein gewisses Maß an erneuerbaren Energien, das ich schließlich zutage förderte.

Das Geld und die Zulage, die ich für meine Bemühungen erhalten hatte, brannten lange in meiner Schublade. Irgendwie hatte ich Hemmungen, das Geld auszugeben, denn alles, was ich damit bezahlen würde, trüge den Stempel »Hurengeld«. So habe ich die Summe schließlich einer Hilfsorganisation gespendet. Dies war mein Versuch, etwas Schlechtes in etwas Gutes zu verwandeln, mein Beitrag zu einer besseren Welt.

Dergleichen habe ich übrigens nie wieder gemacht und auch »Hanks« weitere Angebote abgelehnt. Ich wollte lieber unbezahlbar bleiben, wie »Don« es so schön ausgedrückt hatte. Kostenloser Sex war ein Luxus, den ich mir und anderen weiterhin gönnen wollte. Weil ich es mir wert bin.

High Sexiety.
Gebumst wird in den besten Kreisen

Das Geschäftsjahr neigte sich dem Ende zu und an den Zahlen zeigte sich, dass ich dem Warnschuss, den mein Management im Herbst abgegeben hatte, nicht genug Beachtung geschenkt hatte. Offen gesagt, hatte ich mein Engagement nicht wesentlich gesteigert, immer war etwas Wichtigeres zwischen meine Beine gekommen. Das Resultat wurde mir nun in den Abschlussmeetings präsentiert. Immer dann, wenn die Ergebnisse meines Teams aufgeführt waren, verzeichnete die Umsatzkurve ein tiefes Loch. Die Lage war also durchaus ernst. Der Stuhl, auf dem ich mich tagsüber von meinen nächtlichen Aktivitäten ausruhte, wackelte gewaltig. Und auch einem noch so von erotischen Aktivitäten vernebelten Hirn musste klar sein, dass ich nur um Haaresbreite davon entfernt war, mit Briefmarke auf dem Arsch zurück nach Hamburg geschickt zu werden. Wo mich niemand erwartete. Der Kontakt zu Paul war in letzter Zeit immer brüchiger geworden. Wir telefonierten selten und kurz. Für die bevorstehende Weihnachtszeit gab es noch keine gemeinsamen Pläne. Er selbst sprach das Thema nicht an und ich traute mich nicht. Bedeutete sein Schweigen, dass er davon ausging, dass wir wie jedes Jahr gemeinsam feierten? Oder war für ihn schon ausgemachte Sache, dass wir es nicht taten? Irgendwie vermutete ich, dass er unter seinen zahlreichen Studentinnen »die Richtige« gefunden hatte, wie es bei Männern gemeinhin nach kurzer Wilderei üblich ist, und dass nun vielleicht im hohen Norden und in meiner Abwesenheit schon Scheidungs- und Heiratspläne geschmiedet wurden.

Aus Angst vor der Hiobsbotschaft vermied ich jede Frage und immer mehr auch das Gespräch. Dieses Dasein in der Schwebe tat mir jedoch alles andere als gut. Die Rumflasche, die ich beim Einzug in meinem Schrank deponiert hatte, war längst geleert und durch Nachfolgeexemplare ersetzt worden, die ebenfalls bis auf den letzten Tropfen geleert worden waren.

Ablenkung und die fehlende Anerkennung suchte ich bei Treffen mit »Merlin«, »Apoll« und gelegentlich auch »Pit«. Aus Bequemlichkeit hatte ich in letzter Zeit ausschließlich auf diese drei Bekannten zurückgegriffen. Sie boten mir ein gewisses Maß an Vertrautheit und Berechenbarkeit in einer Zeit, in der mein sonstiges Leben alles andere als berechenbar war.

Mein Trübsinn wurde auch von dem ewig nebligen November, der aus den Fenstern nach drinnen starrte, nicht gerade gemildert. Mein Leben brauchte definitiv mehr Farbe, daher beschloss ich eines Samstagnachmittags, das Datingkarussell wieder anzuwerfen. Ich brauchte neuen Schwung in Form eines neuen Liebhabers. Oder von zweien oder dreien. Der Gedanke an eine Frischzellenkur für meinen Unterleib wirkte sofort und drehte meine Stimmung um 180 Grad. Beseelt flitzten meine Finger über die Tasten, formten den vertrauten Benutzernamen und das Kennwort und schon war ich wieder mitten in dem Sumpf, in den es mich immer wieder hineinzog.

Neben vielen anderen Kandidaten wartete hier bereits »LordX« mit dem verlockenden Angebot, mich zum Mittelpunkt einer kleinen Herrengruppe zu machen. Die Herrengruppe setzte sich zusammen aus zwei Studenten in den 20ern und einem Manager aus dem Gesundheitswesen Anfang 40. Das versprach zumindest eine gute Durchmischung von Erfahrung und Ausdauer.

Das Treffen sollte in der Wohnung von »LordX« stattfinden, und als ich wenige Tage später vor dem entsprechenden Haus stand, beglückwünschte ich mich zu meiner Wahl. Die Adresse lag in einer ausgezeichneten Wohngegend und das Haus war das schönste der ganzen Straße. Als ich auf den Klingelknopf drückte, öffnete sich die vornehm geschnitzte Eichentür mit dezentem Summen. Im Treppenhaus schwebte der feine Duft von teurem Bohnerwachs, das polierte Geländer fühlte sich weich an unter meinen Händen. Der Flur war verziert mit grünen Lackornamenten, die mir den Weg nach oben wiesen. Wäre ich noch auf Bezahlung aus, ließe sich hier ein hübsches Sümmchen verdienen, dachte ich, als ich die Stufen emporstieg. Gerade jetzt, da Job und Ehe mehr denn je auf der Kippe standen, ein verlockender Gedanke. Zwei Stufen weiter hatte ich den Gedanken schon wieder erfolgreich annulliert. Paul und seine Studentinnen würden so ziemlich alles schaffen, nur nicht, mich in die Prostitution zu treiben.

Als ich oben angekommen war, wartete ich einige Herzschläge lang, bis mein Atem sich wieder beruhigt hatte. Schließlich wollte ich bei der Begrüßung nicht atemlos vor Gier wirken. Auf mein Klingeln erschien hinter den geschliffenen Fenstern der Wohnungstür eine Silhouette und gleich darauf stand ich »LordX« gegenüber. Der echte »LordX« war eine Enttäuschung. Er sah zwar genau aus wie auf dem Foto, nur als hätte jemand die Luft herausgelassen. Das Gesicht war welk, die Körperhaltung gleichzeitig schlaff und steif, typisch für Männer, denen der Zugang zur Körperlichkeit fehlte. Und so jemand arbeitete im Gesundheitswesen? Der negative Eindruck ließ sich auch nicht durch die edel eingerichtete Wohnung überblenden, die mit Echtholzparkett, antikem Sekretär, schicker Sitzgruppe und Jazz aus dem Internetradio verkündete: Hier wohnen Stil, Geschmack und Geld in einer exklusiven WG. Nur waren Stil, Geschmack und Geld eben nicht gerade die Qualitäten, auf die es mir bei einem Date wie diesem ankam.

»LordX« begrüßte mich formvollendet und führte mich ins Wohnzimmer, wo sich ein sehr junges Bürschchen vom Sofa erhob. Grundgütiger, der Kleine sah aus, als hätte er noch nicht mal Abitur! Waren die Studenten heutzutage so jung oder ich so alt? Ich schwöre bei meiner Cellulitis: Im ersten Semester hatten meine Kommilitonen reifer ausgesehen.

Der Kleine stellte sich als »Basti« vor. Verlegen reichte er mir eine verschwitzte Hand. Ich fragte mich, was er dabei empfinden mochte, gleich eine Frau im Alter seiner Mutter zu befriedigen. Doch das sollte nicht mein Problem sein. Der dritte Teil der Herrengruppe kam nun aus dem Nebenzimmer und begrüßte mich mit Küsschen. Er war Ende 20, so stellten die drei zumindest altersmäßig eine Reihe Orgelpfeifen dar. Ich setzte mich aufs Sofa und bekam ein Glas Champagner gereicht.

»LordX« ließ sich in dem Sessel gegenüber nieder und plauderte, als handele es sich bei unserem Termin um ein Businessdate und kein Ficktreffen. Es fehlte nicht viel und er hätte mir seine Visitenkarte ausgehändigt. »Unser Konzept ist, Fantasien umzusetzen«, so drückte er es aus.

»Eine Fantasie habe ich gar nicht mitgebracht«, entgegnete ich. Ich fühlte mich unbehaglich, ich war quasi unvorbereitet zum Meeting erschienen.

Mein Gegenüber lächelte. »Wir können auch hier gemeinsam eine erarbeiten.«

Ich wartete, ob er aufstehen würde, ein Flipchart hervorzerren, um gemeinsam zu brainstormen. Doch er blieb sitzen und deutete auf seinen Nebenmann, den Mittelalten. »Seine Spezialität ist die weibliche Anatomie. Er ist angehender Arzt.«

»Aha, das hier ist also eine Art Praktikum?«, scherzte ich und die drei lachten mit nervösen Mündern. Ich nahm wieder einen Schluck aus meinem Glas und deutete auf die beiden anderen. »Und eure Spezialitäten?«

»LordX« zeigte auf den Kleinen: »Er Ausdauer, ich ebenfalls Anatomie. Hände und Zunge.«

Hmm. Hier ergänzten sich allem Anschein nach die unterschiedlichen Fähigkeiten, die die Natur und das Alter so eingerichtet hatten. Vermutlich erledigten die Jüngeren das, wozu »LordX« nicht mehr in der Lage war. Dieser setzte das Vorstellungsgespräch jetzt unbeirrt fort, nun war das CV, der erotische Lebenslauf, in Sachen Gruppensex an der Reihe. Die Herren konnten bereits eine Reihe von Erfahrungen verbuchen, die »LordX« nun in aller Detailtreue schilderte. Ein kluger Schachzug. Denn mit Geschichten und Anekdoten wurde einerseits Vertrauen durch Erfahrung geschaffen. Andererseits brachten sich damit Erzähler und Zuhörer in frivole Stimmung. Es war das Vor-Vorspiel, eine Art verbaler Pornofilm, der die Anlaufzeit verkürzen sollte.

Die drei hatten vorwiegend Erfahrung mit jenen bereits erwähnten Cuckold-Paaren, bei denen der Mann die Frau gerne anderen Männern vorführt und sie »benutzen« lässt. Dabei war es oft so, dass der Mann konzeptionell die Regie führte, während »LordX & Co.« als Erfüllungsgehilfen fungierten.

»Besonders gelungen war der Abend mit dem Paar ›Devotion‹«, erzählte »LordX«. »Sie kamen hierher, der Mann hatte uns vorher das Programm per E-Mail mitgeteilt. Zuerst musste die Frau sich ausziehen und auf dem Sofa präsentieren. Eine echt attraktive Frau.« Seine Lippen bebten, als er sie an sein Champagnerglas setzte. »Dann sollten wir sie anfassen und jeder von uns bekam 15 Minuten mit ihr im Schlafzimmer. Die anderen haben jeweils hier im Wohnzimmer mit dem Ehemann Karten gespielt.«

Ich nickte in Zeitlupe. »Habt ihr auch mit Frauen allein Erfahrung?«, fragte ich.

»LordX« schüttelte den Kopf. »Nein. So couragierte Frauen wie dich gibt es wirklich selten. Und so attraktiv noch dazu«, lächelte er jetzt und zupfte an meinem Rocksaum. Was eigentlich als Kompliment gemeint war, ging irgendwie nach hinten los und verunsicherte mich. Plötzlich fühlte ich mich wie eine höchst seltene Spezies. Um nicht weiter über meinen Sonderstatus nachzudenken, ergriff ich die Flucht nach vorn und entledigte mich mit einem Handgriff meines Kleides. Darin hatte ich mittlerweile ja Übung. Nun saß ich in String, Strapsen und rotem Strumpfband auf dem Edelsofa.

»Steht dir gut, das Outfit«, murmelte »LordX« und strich über den winzigen Stoffgürtel. Wieder so ein unpassendes Kompliment. Wieso stand mir ein roter Striemen um den Bauch gut? Doch ich wollte nicht alles auf die Goldwaage legen. Möglicherweise hatten die Herren einfach nur Anlaufprobleme und keinerlei Erfahrung mit Sexdates, bei denen ihre Initiative gefragt war. Ich beschloss, mich zunächst an den Arzt zu halten. Immerhin war er attraktiv und sollte über genügend anatomische Grundkenntnisse verfügen, um meinen G-Spot zu finden. Ich bettete also meine Beine auf seinen Schoß. »LordX« wechselte nun die Sitzposition, sodass er mich direkt im Blickfeld hatte. So zurückgelehnt, Hände unter dem Kinn, hätte er auch die Präsentation der neuesten Umsatzzahlen verfolgen können. Ich versuchte, ihn nicht zu beachten, sondern konzentrierte mich auf den Arzt, der mich routiniert bearbeitete. Technik perfekt, Gefühl null. So musste es sich anfühlen, wenn man Präsentationsobjekt auf einem Gynäkologenkongress war. Im Radio plärrte nun ein Saxofon eine geradezu neurotische Sequenz. »LordX« griff sich derweil ungeniert in den Schritt und machte Anstalten, seine Hose zu öffnen. »Moment«, rief ich, als er die halbe Strecke hinter sich hatte, sprang auf, schnappte mir mein Kleid und verschwand ins Bad.

In dem freundlich überheizten Badezimmer mit weiß glänzenden Fliesen richtete ich meine verrutschte Unterwäsche, wusch meine Hände und kontrollierte mein Make-up. Im Spiegel sah ich kein besonders glückliches Gesicht. Ich streifte mein Kleid wieder über und ging zurück ins Wohnzimmer. Dort schlüpfte ich unter schweigender Beobachtung der Männer in meine Schuhe und nahm meine Tasche.

»Tut mir leid, aber das wird nichts.« Ich blickte in betretene Gesichter, in denen die Frage abzulesen war, was die dazugehörigen Männer nur falsch gemacht hatten.

»Es liegt nicht an euch.« Die drei nickten dankbar, obwohl jeder im Raum natürlich wusste, dass das gelogen war. Ich ließ die Tür leise ins Schloss gleiten und schlich die Treppe auf Zehenspitzen hinunter. Draußen umschloss mich die feuchte, dunkle Novembernacht und ich fühlte mich befreit. Am Kiosk kaufte ich mir seit langer Zeit wieder einmal Zigaretten und steckte mir sofort die erste an. Ich inhalierte tief, um den schalen Nachgeschmack an dieses Date zu vertreiben.

Zu Hause spürte ich wieder die vertraute Leere, die ein Date, egal, ob gelungen oder nicht, zurückließ. Nachdem die Vorfreude und Spannung verpufft waren, machte sich eine abgespannte Müdigkeit breit. Ruhelos strich ich durch die Wohnung und setzte mich schließlich an den Schreibtisch. Ruck, zuck war ich wieder Gast auf meiner Stammseite und wurde sofort mit Angeboten überschüttet. Im Sekundentakt hagelten die Anfragen auf mich ein. Auf der Suche nach Schadenersatz für meinen misslungenen Abend klickte ich schnell und zielstrebig durch die Profile, die sich mir präsentierten. Meist erkannte ich schon auf den ersten Blick, ob der Mann, der sich dahinter verbarg, mir das Gewünschte auch bieten konnte. Die Auswahl des Fotos und der Text verrieten in der Regel, wie weit die Fantasie des Verfassers reichte. War der Blick auf das Profil nicht aussagekräftig, genügten oft schon ein paar Worte, die man im Chat austauschte. Männer, die auf meine Frage »Was suchst du auf dieser Seite?« solche Dinge antworteten wie »Bin für alles offen« oder »Mal sehen, was mich hier so erwartet« waren meist blutige Anfänger mit wenig konkreter Vorstellung von dem, was auf sie zukommen konnte. Ich allerdings wollte die Fortgeschrittenen.

Geübt hangelte ich mich von Kandidat zu Kandidat, bis ich bei »Franky« landete. Er qualifizierte sich bereits nach kurzem Fragenkatalog als potenzielles Zielobjekt. Auf meine Frage nach seinen Erfahrungen schickte er mir eine E-Mail, die ich im Zeitlupentempo lesen musste. Nach Ende der Lektüre bebten meine Lippen. Dieser Mann war nicht nur fortgeschritten, sondern *highly advanced User*.

Gangbang: die etwas andere Männerselbsthilfegruppe

»Franky« hatte mich überzeugt, indem er mir von seinem letzten Gangbang berichtet hatte. Das verriet eine gewisse Abgebrühtheit und Erfahrung. Der Gangbang ist die höchste Hierarchiestufe in der Szene. Die Frau im Zentrum des Universums der Geilheit, garniert mit vielen Männern, macht sie zum Alphatier mit bestandener Reifeprüfung. Schon seit Längerem beobachtete ich, dass sich das Thema immer größerer Beliebtheit erfreute. Allerorts schossen Gangbang-Gruppen aus dem Boden wie Pilze. Möglicherweise spiegelte dies einfach das weiblich-männliche Mengenverhältnis der Sexaktivisten wieder, das Schätzungen zufolge 1 zu 1000 beträgt, und der Herrenüberschuss schuf damit sozusagen in Eigenregie Abhilfe. Wenn auch nicht in dieser Größenordnung, so reizte mich der Gedanke an einen Gangbang seit einiger Zeit. Er stand definitiv auf meiner Liste der unerfüllten Wünsche.

»Franky« besaß in dieser Hinsicht profunde Erfahrungen, wie aus seiner E-Mail hervorging. Aber wollte ich meinen ersten Gangbang von einem Fremden organisieren lassen? Wohl kaum. Ähnlich wie sein Geld sollte man auch seinen Körper nur von jemandem unter die Leute bringen lassen, dem man absolut vertraut. Dies war in meinem Fall »Merlin«, der ja schon seit geraumer Zeit der Orgasmusbotschafter meines Vertrauens war.

Als wir eines Abends bei mir zu Hause am Rechner saßen und gemeinsam nach neuen Abenteuern surften, zeigte ich ihm die E-Mail, die mir »Franky« geschrieben hatte. Er las den Text aufmerksam durch und auch ich studierte das Ganze noch einmal Zeile für Zeile.

»Die Teilnehmer hatte ich zuvor auf der Seite rekrutiert und nach eingehender Prüfung eingeladen. Von zehn Zusagen kamen acht – das ist eine gute Quote. Ich selbst habe nicht mitgefickt, sondern mich mehr um die Sicherheit der Sie gekümmert. Zur Sicherheit hatte ich in der Tasche einen Elektroschocker. :-) Die Dame habe ich 30 Minuten vor Beginn getroffen. Sie hat sich dann bereitwillig ausgezogen und an den Tisch fesseln lassen. Zum Aufwärmen habe ich sie ein wenig massiert, dann habe ich ihr noch die Augen verbunden. Als es so weit war, bin ich runter und habe noch eine Zigarette mit den Kerlen geraucht (vereinbarungsgemäß von 12 bis 12:05 Uhr gewartet). Dann sind wir hoch ins Appartement, wo die Dame mit verbundenen Augen wartete. Alle haben sich sofort ausgezogen, weil ja nur eine Stunde Zeit war.

Time is running.

Sie hat in jede Hand und in den Mund jeweils einen Schwanz gekriegt. Als der erste Schwanz stand, hatte sie ihn auch schon drin. Na ja, und dann ging es rund. Irgendwann habe ich sie auch losgebunden, wg. Sandwich. Alle haben abgespritzt!

Vier ins Gesicht, der Rest auf Titten und Bauch. Drei haben es sogar gleichzeitig hinbekommen!!! Sie ist dreimal gekommen!!! Aus meiner Sicht war das ein Supergangbang. Für sie war es der erste und auch sie war begeistert.«

Noch während »Merlin« las, beobachtete ich eine Veränderung in seinem Gesicht. Seine Anspannung wuchs deutlich. »Das ist eine große Verantwortung«, gab er zu bedenken, doch ich konnte sehen, dass er schon jetzt begann, an dieser Verantwortung zu wachsen. Vor allem in seiner Hose. Ich grinste.

»Okay«, stimmte er schließlich zu, »ich kümmere mich darum. Ich lade die Kerle ein. Wo soll das Ganze stattfinden?«

Ich nannte das Hotel, in dem ich meinen bezahlten Job absolviert hatte. Wenn schon untergehen, dann wenigstens mit Stil. »Merlin« machte sich sofort an die Arbeit, die geeigneten Kandidaten zu rekrutieren.

Am nächsten Tag wurde ich gekündigt. Mein Erstaunen darüber hielt sich in Grenzen. Erstens kam diese Entscheidung nicht wirklich überraschend, sondern war bereits seit Monaten zu erwarten gewesen. Und zweitens war es formal gar keine Kündigung. Mein Jahresvertrag wurde einfach nicht verlängert und die verbleibenden drei Monate war ich freigestellt. Lieber gar keine Teamleiterin als diese, so mochte die Geschäftsführung entschieden haben, und ich konnte es ihnen nicht verdenken. Meine guten Vorsätze, mich mehr in meinem Job zu engagieren, waren immer wieder vom Sumpf meiner erotischen Aktivitäten verschluckt worden. Hätte ich mich nur halb so intensiv um mein Berufsleben gekümmert wie um mein Sexleben, ich wäre vermutlich bei den Jahresbilanzen als Gruppenbeste hervorgegangen. Stattdessen erhielt ich den verdienten Rausschmiss.

Ich hatte noch eine Woche, um meine dümpelnden Projekte abzuwickeln und meinen Schreibtisch aufzuräumen. Obwohl das alles recht schnell ging, nahm ich die Entscheidung ziemlich gelassen hin. Meine Headhunterin war ja nur einen Anruf weit weg und zur Not würde ich diese Stadt verlassen, irgendwo einen neuen Posten annehmen und eben dort die Sexszene aufmischen.

Vordringlich widmete ich mich nun jedoch der Aufgabe, die geeigneten Kandidaten für mein Gangbang-Vorhaben zu ermitteln. »Merlin« schickte mir immer wieder einen aktualisierten Statusbericht, der die Interessierten auflistete und beschrieb.

Ich hatte Mitbestimmungsrecht, wirklich zu sehen bekam ich die Profile allerdings nicht. Das war Teil der Abmachung.

Wenn ich nicht auf der Seite zugange war, mit »Merlin«, »Don« oder einem anderen User chattete, befiel mich zeitweise eine gewisse Starre, die immer wieder von betriebsamem Aktionismus abgelöst wurde. In einem Anfall von solchem Aktionismus beschloss ich, Paul über meine Kündigung zu informieren. Ich wollte damit weniger sein Mitleid erregen als Tatsachen schaffen. Vielleicht bewirkte mein berufliches Scheitern auch das Ende unserer Ehe, aber inzwischen war ich bereit, dem ins Auge zu sehen. Ich schrieb ihm also eine E-Mail und wartete geschlagene zwei Stunden lang wie gebannt vor dem Rechner, ohne dass eine Antwort kam. Auch als ich zwei Stunden später wieder nachschaute und zwei Stunden später erneut, hatte ich immer noch keine Antwort. Vermutlich hatte er vor lauter Studentinnen keine Hand mehr frei.

Nachdem »Merlin« alles für den Gangbang organisiert hatte, trafen wir uns am verabredeten Tag auf dem Parkplatz vor dem Hotel. Mein Mund war trocken. Um für das ambitionierte Vorhaben ein gewisses Maß an Gelingsicherheit zu garantieren, hatte ich eine Kamagra eingekickt, die meine Wangen in Flammen setzte. »Merlin« interpretierte dies als Aufregung und tätschelte mir beruhigend den Arm. Doch ich spürte, dass er ebenfalls nervös war, was mich wiederum ansteckte. Zielsicher steuerten wir nun den Hoteleingang an. Das vorher so freundliche Ambiente wirkte auf mich jedoch plötzlich kühl und abweisend. Das Zimmer war größer als bei meinem letzten Besuch, was wohl der Tatsache geschuldet war, dass wir auch mehr Besucher sein würden.

»Merlin« hatte mit den betreffenden Kandidaten ausgemacht, dass sie Punkt drei Uhr an die Tür klopfen sollten. Während ich mich auszog, besprachen wir noch mal die Einzelheiten. »Merlin« schritt den Raum ab wie ein Tiger den Käfig und verdunkelte die Fenster mit den blickdichten Vorhängen, dann fragte er: »Irgendwelche Tabus?« Ich dachte kurz nach und sagte: »Eigentlich nicht, aber alles nur safe.«

»Merlin« nickte und setzte sich neben mich. »Vorschlag«, meinte er dann, »wir verbinden dir die Augen.«

Ich schaute ihn fragend an. Er nickte sanft und ich begriff, dass es wohl besser so war. Ohnehin hatte ich auf Verdacht eine Schlafbrille mitgebracht, die ich nun aus der Tasche holte und überstreifte. Eine Augenbinde ist für alle Beteiligten eigentlich eine enorme Erleichterung. Zum einen schützt sie vor den Blicken und allem, was sich darin an Fragen und Gedanken verbirgt. Eine Person mit verbundenen Augen ist auch in der entsprechenden Situation präsent ohne jedes Wenn und Aber. Zudem verlagert sich die Wahrnehmung vom Sehen auf die anderen Sinnesorgane, vor allem die Haut. Und das bedeutet: mehr fühlen, weniger analysieren.

»Merlin« fesselte mich noch zusätzlich mit Handschellen an das Sofa. So wartete ich blind unter zunehmender Wirkung der Kamagra auf meine Kandidaten. Als ich die ersten Männer eintreten hörte, versuchte ich, anhand der Schrittgeräusche auszurechnen, wie viele es waren. Unmöglich. Auch aus dem verhaltenen Wispern konnte ich keine Schlüsse ziehen. Nach einer Weile spürte ich die Hitze von mindestens zwei Körpern, die sich mir näherten, und dann mindestens vier Hände, die sich vorsichtig an den Rändern meiner knapp sitzenden Wäsche entlangtasteten. Die vorsichtigen Berührungen erregten mich.

Plötzlich wieder Klopfen an der Tür. Während ich hören konnte, dass »Merlin« öffnete, wagte sich einer der Männer in mein Höschen. Er tastete sich langsam weiter und flüsterte mir dann zu: »Du bist ja schon total nass ...«

Insgeheim schickte ich ein Dankesgebet an die indischen Laboranten für ihre zuverlässige Arbeit. Der Teilnehmer wurde durch meine Geilheit mutiger und streifte mir das Höschen bis auf die Knöchel herunter.

»Ihr seid ja schon ganz schön weit«, kommentierte »Merlin« dies, als er mit dem Neuzugang herangekommen war, und ließ nun auch die anderen Männer zugreifen. Irgendwann hörte ich auf zu zählen und rieb mich nur an den Händen, bis »Merlin« mich losband.

Er führte mich zum Bett. Dort legte ich mich auf den Rücken und er legte sich auf mich, wohl um mich vorzubereiten und warm zu ficken. Dabei war das gar nicht nötig. Ich war bereits in allerfeinster Hochofenstimmung. Nachdem er abgestiegen war, wartete ich auf meinen nächsten Kandidaten wie der Mount Everest auf Sir Edmund Hillary. Dank der verbundenen Augen waren meiner Fantasie ja keine Grenzen gesetzt. Doch auch mein Zeitgefühl schien beeinträchtigt, denn eine gefühlte Ewigkeit lang tat sich reich gar nichts. »Was ist los?«, fragte ich schließlich. »Geduld«, mahnte »Merlin«, »sie bereiten sich gerade vor.« Und ja, wenn ich genau in die Stille des Raumes hineinlauschte, vernahm ich ein feines reibendes Geräusch, das die Anstrengung der Jungs verriet. Wahrscheinlich gab es Probleme mit den Kondomen. Bei vielen Männern fällt ja beim Überstreifen des Verhüterlis alles zusammen, was man sich mit mühevoller Handarbeit aufgebaut hat.

Endlich sah sich einer der Kerle in der Lage, den Akt zu vollziehen. Ich spürte wieder einen Körper. Währenddessen gingen die angestrengten Rubbelgeräusche weiter. Nachdem Kandidat Nummer 1 fertig war, war Kandidat Nummer 2 nun auch so weit. Er war nicht schlecht, besaß jedoch noch erhebliches Entwicklungspotenzial, wie ich meinte, bis sich herausstellte, dass er bereits beim Höhepunkt angelangt war. Während Kandidat 2 also fertig war, wurde im Hintergrund immer noch kräftig gerubbelt. Doch »Merlin« beschloss nun, die Vorstellung hier abzubrechen, und schickte die Jungs nach Hause. Wir warteten, bis sie zur Türe draußen waren, dann befreite ich mich von meiner Augenbinde.

Das Resümee meines ersten Gangbangs: acht Männer eingeladen, vier gekommen, davon kam es nur mit zweien zum Vollzug. Eine nicht gerade heldenhafte Bilanz. Was ich mir als zirkusreifes Sexfest vorgestellt hatte, hatte sich höchstens als Handpuppentheater erwiesen. Ich war drauf und dran, in meine After-Sex-Depression zu verfallen, und bejammerte die verschwendete Kamagra, da unterbrach mich »Merlin« mit den Worten: »Abwarten. Es kommen noch welche.«

Ich musterte ihn erstaunt. »Merlin« veranstaltete hier also so eine Art Gangbang am laufenden Band? Noch ehe ich den Gedanken zu Ende gedacht hatte, klopfte es wieder an der Tür. »Merlin« stand auf und öffnete. Ich kam gar nicht dazu, meine Augenbinde wieder anzulegen. Zwei ältere Kerle in Karohemden betraten das Zimmer. Die beiden waren schon leicht angegraut und brachten wohl entsprechende Erfahrung mit. Sie stellten sich mit wenigen Worten vor und ließen alsbald den Worten sehr überzeugende Taten folgen. Ich vermutete, die beiden hatten ebenso wie ich an einem selbst verschriebenen potenzfördernden Programm teilgenommen, denn Rubbeln war hier absolut überflüssig. Die beiden Dinger waren so prall, dass ich fast fürchtete, dass sie beim Berühren platzten und damit auch mein Traum von einem gelungenen Date. Die zwei hatten jedoch keinerlei Berührungsängste und so dauerte es nicht lange, bis meine Kamagra-getunte Muschi Erleichterung verspürte. Die Kerle nahmen mich so in Anspruch, dass »Merlin« gar nicht mehr zum Zug kam. Wie oft ich dabei kam, kann ich nicht sagen, multiple Orgasmen zählt man nicht.

Das gelungene Treffen beendeten wir schließlich mit nettem Geplauder und dem Austausch von Telefonnummern. Wie sich dabei herausstellte, war einer der Kerle Polizist und organisierte gelegentlich Treffs mit Kollegen. Mir erschien das verlockend, denn in Anwesenheit einer Gruppe von Wachmännern würde ich mich auf jeden Fall rundum sicher fühlen können.

Nachdem wir uns verabschiedet hatten, brachte »Merlin« mich nach Hause, worüber ich sehr froh war. Meine Beine wären nämlich nicht mehr in der Lage gewesen, Kupplung und Bremse zu treten.

Zu Hause angekommen, spürte ich wieder den Absturz wie immer nach extremen Höhepunkten. Diesmal war mein Landungsschmerz allerdings auch ganz real, denn die Überdosierung des Kamagra (bisher hatte ich immer nur halbe Portionen genommen) bereitete mir nicht nur übelste Kopf-, sondern auch schlimmste Beinschmerzen. Kurzzeitig erwog ich sogar, die Ambulanz einer nahe gelegenen Klinik aufzusuchen, weil ich eine Thrombose befürchtete. Doch dann legte ich mich erst einmal hin und trank so viel Wasser, wie mein Körper es zuließ.

Zu den körperlichen Schmerzen gesellte sich wieder der mir inzwischen nur zu bekannte Kater – ein Gemisch aus schlechtem Gewissen und Phantomschmerz des Herzens, das erneut leer ausgegangen war. Dumpf erinnerte ich mich an eine Zeit, als Sex noch etwas gewesen war, das ich zu zweit und mit einem Menschen, den ich gern hatte, gemacht hatte. Das alles schien unerreichbar weit weg. Meine Gedanken wanderten zu Paul und blieben schließlich bei »Don« hängen. Seinen Aussagen nach hatte er Ähnliches durchgemacht wie ich. Vielleicht war dies der geeignete Zeitpunkt, diesen Unbekannten zu treffen?

Als ich am nächsten Tag wieder Herr meiner Sinne und Gliedmaßen war, setzte ich mich an den Rechner. Nach wenigen Minuten betrat auch er den Chat. Ich war regelrecht glücklich, ihn dort anzutreffen. Mit wenigen Worten berichtete ich von meinem Mehrfachdate.

»Hört sich nach Festival an.«

»Dann wäre ich jetzt fröhlicher.«

»Auf Fest folgt Kater.«

»Stimmt. Aber warum ist das so?«

»Du kannst beim Sex das Hirn ausschalten, aber das Herz nicht.«

Plötzlich klopfte mein Herz bis zum Hals. Dieser Mann und seine fernschriftlichen Analysen waren nicht mit Geld zu bezahlen. Auf einmal hatte ich das Gefühl, nur noch ganz wenig Zeit zu haben.

»Ich möchte dich kennenlernen«, hackte ich daher todesmutig in die Tasten. Bebend bis in die kleine Zehe, wartete ich auf eine Antwort.

»Ich dachte schon, du fragst nie.«

»Das war keine Frage.«

»Unter einer Bedingung.«

»???«

»Kein Sex.«

»Wenn du das schaffst.«

Diese Antwort sollte nicht bedeuten, dass ich mich für unwiderstehlich hielt. Wenn ich auch behaupten konnte, dass jeder Mann, den ich bisher getroffen hatte, auch mit mir ins Bett gegangen war (vorausgesetzt, man sieht das als Kompliment). Mit diesem Satz wollte ich ihm und auch mir selbst glauben machen, dass es sich bei unserem Treffen um ein ganz normales Wikipop-Date handelte. Ein Date, bei dem das Öffnen der Beine im Vordergrund stand, nicht das der Seele. Und bei dem der Sex vor dem Kaffeetrinken erfolgte, nicht danach. Natürlich wusste jede Faser in mir, dass dies alles andere als ein normales Wikipop-Date sein würde.

Freiwillige Selbstkontrolle

Der Gedanke, »Don« zu treffen, ließ mein Herz klopfen, mein ganzer Körper stand unter Strom. Unter die Aufregung mischten sich allerdings auch berechtigte Zweifel. War es überhaupt richtig, sich zu verabreden? Bei unseren Gesprächen hatte ich immer das Gefühl gehabt, dass er mich wie kein Zweiter verstand. Aber wie oft hatte ich erlebt, dass die Vorstellung, die man sich von jemandem machte, nur selten der Wirklichkeit standhielt. Überbordende Fantasien verwandelten sich nicht selten zu einem Klumpen Fleisch mit unangenehmer Aura und schlechtem Atem. Eine virtuell höchst angenehme Person mutierte urplötzlich zu jemandem, mit dem man auf keinen Fall gesehen werden wollte. Und dann gerade »Don«, mein Beichtvater, dem ich in finsteren Nächten meine Seele geöffnet hatte. Konnte er im Falle einer echten Begegnung bestehen? Konnte überhaupt irgendein Sterblicher dem »Don« meiner Fantasie entsprechen?

Dennoch – die Neugier überwog. Treffpunkt war ein kleines Café im Stadtzentrum. Beziehungsweise der kleine Platz davor. Wenn wir uns begegneten, wollten wir entscheiden, ob wir gemeinsam einen Kaffee trinken gehen wollten oder nicht. Wir beschrieben uns gegenseitig die Kleidung, die wir tragen würden. Er einen pfefferfarbenen Mantel, ich eine kakifarbene Jacke und Wollmütze. Zeitpunkt war der kommende Samstag, der Samstag vor dem 3. Advent.

Bis dahin kamen mir immer wieder Zweifel. Ich hatte niemals ein Foto von »Don« gesehen. Was, wenn sich dahinter ein leibhaftiges Monstrum verbarg? Jetzt noch nach einem

Bild zu fragen, schien mir unwürdig. Ich hatte diesem Mann meine heimlichsten Gedanken eröffnet, dann musste ich auch seinen Anblick ertragen.

Meine letzten Tage im Büro waren störungsfrei verlaufen und ich war mit unverdient warmen Worten verabschiedet worden. Meine Headhunterin hatte schon eine interessante Position in Leipzig für mich in Aussicht. Neue Stadt, neuer Fick, dachte ich lakonisch. Aber der Gedanke daran entfachte in mir alles andere als Abenteuerlust. Würde ich ewig so weitermachen? Durch die deutschen Städte tingeln, die Sexszenen abgrasen bis ans Ende meiner fruchtbaren Tage? Der graue Star der Datingszene?

Eigentlich sollte ich meine Aktivitäten von jetzt auf gleich einstellen. Mein Profil löschen und damit auch jede Erinnerung. Nur dieses eine Date mit »Don« noch. Und dann *over*. Ja, ja, das sagst du immer, meldete sich mein anderes Selbst zu Wort. Noch dieses eine Date. Noch diese eine Zigarette, dieses eine Paar Schuhe …

Dieses Date ist anders, gab ich zu bedenken. Jedes deiner Dates ist anders, konterte mein zweites Selbst. Das behauptest du immer. Jedes ist anders und du fühlst dich hinterher immer gleich scheiße. Das war natürlich ziemlich übertrieben. Das mit dem »scheiße fühlen« traf ja nicht immer zu, und wenn, dann erst in letzter Zeit. Mit dieser Übertreibung hatte sich mein anderes Selbst in Sachen Glaubwürdigkeit für diesmal aus dem Rennen gekegelt. Deshalb entschied ich mich ohne weitere Umschweife für das Date und für »Don«.

So saß ich am darauffolgenden Samstagvormittag in der Küche und versuchte, die Zeit bis zum Treffen durch pure Gedankenkraft schneller vergehen zu lassen. Die Wohnung war bereits picobello sauber, selbst den Kristalllüster im Wohnzimmer hatte ich poliert. Auch das Auto brauchte keine Wäsche mehr. Daher bot sich eigentlich nur ein Spaziergang durch die weihnachtlich geschmückte Stadt an, doch genau das wollte ich vermeiden. Das künstliche Strahlen der Lichter und das echte Strahlen der Menschen, die jemanden hatten, für den sie Geschenke aussuchen konnten, würde mich nur deprimieren.

Noch schlechter auszuhalten war der Gedanke an einen Bummel über den Weihnachtsmarkt. Hier drohten noch mehr Lichter und strahlende Gesichter. Außerdem bestand die Gefahr, dass ich mir mit dem einen oder anderen Glas Glühwein Mut antrank, und ich konnte mir wahrhaft Besseres vorstellen, als »Don« angetrunken und mit dunkelrot gefärbtem Zahnfleisch gegenüberzutreten.

Ich saß also am Küchentisch und hypnotisierte den Uhrzeiger, da klingelte mein Handy. Als ich die Nummer erkannte, musste ich mich an der Tischkante festhalten. Paul. Ausgerechnet jetzt. Der Mann hatte wirklich einen Sinn für den absolut falschen Zeitpunkt. Von Millionen verfügbaren Augenblicken hatte er zielsicher den ungünstigsten gewählt. Ich beschloss daher, den Anruf in der Unendlichkeit der Nichtbeantwortung verebben zu lassen, und schob das Handy beiseite. Eines nach dem anderen. Erst mal »Don« treffen, Paul konnte ich heute Abend zurückrufen. Ich ging ins Bad, um zum 10. Mal mein Haar zu bürsten.

Aus der Küche hörte ich das SMS-Signal. Bestimmt hatte Paul eine Nachricht hinterlassen und um Rückruf gebeten. Nun. Ich würde ja zurückrufen. Später.

Sollte ich mir die Zeit auf meiner einschlägigen Seite auf Wikipop vertreiben? Aber das erschien mir wie Verrat an »Don«. Schlimmer noch wäre es, ihn dort anzutreffen. Wahlweise würde das mich oder ihn als unverbesserlichen Datingjunkie outen, der es keine Minute ohne virtuelle frivole Kontakte aushielt. Andererseits war es absolut albern anzunehmen, dass ich »Don« gegenüber auch nur den geringsten Hauch eines guten Rufes zu verlieren hatte. Dennoch. Er würde erkennen können, wann ich das letzte Mal online war, und damit verbot ich mir diese Möglichkeit des Zeitvertreibes.

Gelangweilt sah ich auf mein Handy. Erstens, um zu überprüfen, ob Zeit vergangen war, zweitens, ob »Don« eventuell eine Nachricht geschickt hatte. Nur Paul hatte eine Nachricht gesendet. Und sein Text jagte mir das Adrenalin durch die Adern.

»Bin auf dem Weg zu dir. Paul«

Noch vor wenigen Tagen, ja Stunden wäre ich vor Begeisterung darüber den zweifachen Lutz gesprungen. Jetzt geriet ich in Panik. Um das Schlimmste zu verhindern, rief ich sofort zurück. Ich brauchte drei Anläufe, um Pauls Nummer fehlerfrei in das Zahlenfeld einzutippen. Er meldete sich nach dem ersten Klingeln.

»Du kannst nicht kommen, ich bin nicht da«, stotterte ich in den Hörer. Im Hintergrund hörte ich Rauschen, dann seine Stimme.

»Ich sitze schon im Zug. 16 Uhr komme ich an. Wo bist du denn?«

»Headhunter«, erfand ich spontan, »Termin mit dem Headhunter.«

»Am Samstag?«

»Wann sonst? Vor 18 Uhr bin ich nicht zu Hause.«

»Gut, dann treffen wir uns um 18 Uhr bei dir.«

Dann hörte ich nur noch Funkloch. Au Backe. Er saß im Zug und ich in der Tinte. Natürlich wollte ich, dass er kam. Schließlich war er mein Mann, und ich wollte ihn um mich haben, gerade jetzt, da es mir beruflich und auch so beschissen ging. Aber musste das ausgerechnet heute sein, kurz vor einem meiner aufregendsten Dates?

Und was sollte diese spontane Aktion? Das ganze Jahr über hatte sich sein Kontakt auf ein paar dünne fernmündliche Worte beschränkt. Was war der Grund für seine körperliche Anwesenheit? Mitleid, da er von der Kündigung wusste? In Nächstenliebe war er ja immer besonders gut gewesen. Vor allem, wenn die Nächste weiblich war. Oder war sein Ziel ein ganz anderes? Wollte er die Situation nutzen, um mich gleich in Sachen Scheidung vor vollendete Tatsachen zu stellen? Nach dem Motto: Wenn wir gerade beim Thema kündigen sind, unterschreibe doch bitte gleich hier die Kündigung unserer Ehe.

Allein diese Annahme genügte, um mich in Sekundenschnelle dafür zu entscheiden, an meinem Date festzuhalten. Sicher wäre es das Einfachste gewesen abzusagen. Doch ich wollte auf das Treffen nicht verzichten. Zeitlich war das auch gut machbar. »Don« erwartete mich um 16.30 Uhr, also genügend Zeit für ein Kennenlernen und um pünktlich um 18 Uhr zu Hause zu sein. Das war wieder ganz ich: zwei Dates am Nachmittag und beide geschickt koordiniert. Ich atmete durch. Ein Blick auf die Uhr verriet mir, dass ich allmählich aufbrechen konnte.

Als ich aus dem Fenster sah, merkte ich, dass ein leichter Schneeregen eingesetzt hatte. Ich schlüpfte also in meine Daunenjacke, schnappte mir meine Mütze und ging auf die Straße. Der Bus Richtung Innenstadt bog gerade um die Ecke, ich rannte los und erwischte ihn noch an der Haltestelle. An den Stangen standen die Menschen mit leeren Gesichtern. Es roch nach nassen Mänteln und Pelz. Ich ließ meinen Blick über die Kleidung der anderen Fahrgäste streifen und blieb schließlich an meinem eigenen Ärmel hängen. Ich erstarrte – ich trug den falschen Mantel! Wegen des Regens hatte ich mich für die wasserdichte Daunenjacke entschieden, und die war nicht kakigrün, sondern blau. »Don« würde mich also nicht erkennen!

Panisch sah ich auf die Uhr. Ich hatte zwar noch Zeit bis zum Treffen, aber nicht mehr genug, um noch einmal zurückzufahren, mich umzuziehen und wieder mit dem Bus zu starten. Zumal sich der Verkehr Richtung Innenstadt stark staute. Immerhin zeigte mir ein Blick in das Fenster, dass ich zumindest die richtige Mütze gewählt hatte. Allzu viele Frauen meiner Größe, Haar- und Mützenfarbe würden am verabredeten Ort wohl schon nicht warten, versuchte ich, mich zu beruhigen.

In der Stadt wurde ich von dem erwarteten Lichtermeer empfangen. Aus den Schaufenstern strahlte mir die Vorfreude auf Weihnachten entgegen. Ich floh in ein Kaufhaus, da ich hier am wenigsten Gefahr lief, in Sentimentalität zu ertrinken. Ziellos durchstöberte ich die Reihen mit Kleidungsstücken in diversen Größen und Farben Schließlich begutachtete ich noch die Strumpfhosen und kaufte ein Paar Ohrringe, die ich niemals tragen würde, nur um in der Schlange zu stehen und weiter Zeit zu verbrauchen. Auf Umwegen lief ich dann zu dem verabredeten Treffpunkt. Es war immer noch zu früh. Um die Ecke war der Weihnachtsmarkt. Der Duft des Glühweins schoss mir in die Nase und zog mich magisch an den gezimmerten Stand. Ein Tässchen in Ehren kann keiner verwehren, dachte ich, als ich die drei Euro über den Tresen schob. Nach dieser Achterbahn der Gefühle hatte ich mir wirklich etwas zum Runterkommen verdient. Aus Rücksicht auf meine Zahnfarbe entschied ich mich für einen Punsch auf Cognacbasis. Der erste Schluck schmeckte wie ein Brechmittel, doch mit jedem weiteren gewöhnte ich mich daran, und als ich ausgetrunken hatte, besaß ich genügend Mut für einen zweiten. Meine Gedanken, die bisher durcheinandergewirbelt waren wie welkes Laub, setzten sich. Alles wurde auf einmal einfach und deutlich.

Ich würde nicht hingehen. Ich würde »Don« nicht treffen. Wozu erneut die ganze Achterbahn der Gefühle durchleben? Wozu ein weiteres Mal enttäuscht werden? Denn dass es eine Enttäuschung sein würde, davon war ich überzeugt. Stattdessen würde ich nach Hause gehen, meinen Account löschen und auf meinen Mann warten, um mich mit ihm auszusprechen. Das war wirklich ein verficktes Jahr, voller verfickter Fantasien. Jetzt aber war es an der Zeit, sich der Realität zu stellen. Auch wenn das bedeutete, dass ich die Scheidungspapiere unterzeichnen sollte, sofern mein Mann das wollte. Ich ging also zurück zur Haltestelle und nahm den nächsten Bus nach Hause.

All das, was ich getan habe, bereue ich nicht. Denn es hat mir eines gezeigt. Sex ist nur einen Mausklick entfernt. Und ich weiß jetzt, dass ich, wenn ich eines Tages 60 bin, mit Netzhaut im Gesicht und der Hautoberfläche einer Orange, irgendwo da draußen immer noch jemanden finden kann, der meine Qualitäten zu schätzen weiß. Und das sind doch verdammt gute Aussichten.

Tara Sue Me
Ich bin dein
Geheime Sehnsucht
Der US-Bestseller vor
Shades of Grey
LAGO
Roman